叶兆言 著

生有热烈
藏与俗常

北京联合出版公司
Beijing United Publishing Co., Ltd.

图书在版编目（CIP）数据

生有热烈，藏与俗常 / 叶兆言著. -- 北京：北京
联合出版公司, 2021.10
ISBN 978-7-5596-5165-5

Ⅰ.①生… Ⅱ.①叶… Ⅲ.①散文集－中国－当代
Ⅳ.①I267

中国版本图书馆CIP数据核字(2021)第053240号

生有热烈，藏与俗常

作　　者：叶兆言
出 品 人：赵红仕
责任编辑：孙志文
策划编辑：孙文霞　强域　陈艳芳
封面设计：與書工作室

北京联合出版公司出版
（北京市西城区德外大街83号楼9层　100088）
北京时代华语国际传媒股份有限公司发行
唐山富达印务有限公司印刷　新华书店经销
字数135千字　880毫米×1230毫米　1/32　7.5印张
2021年10月第1版　2021年10月第1次印刷
ISBN 978-7-5596-5165-5
定价：56.00元

目录

凡是过去
皆为序章
第 一 章

心之所至
即为故乡

第 二 章

少时乐新知　中年思故友

第三章

吹灭读书灯 一身都是月

第四章

人间烟火气
最抚凡人心

第五章

第一章

．．．

凡是过去，皆为序章

．．．

骑车旅行

骑车旅行是十几年前的旧事，好汉不提当年勇。如今重新谈起，不是卖弄，很有些顾影自怜，因为十几年前，身体实在太好了。往事不堪回首，现在的自己都快属于老弱病残了。

骑车旅行的起因自然是想玩。那时候正上大学，精力旺盛得没地方发泄，口袋里却没钱。穷大学生想玩，只有苦玩这条路。我第一次骑车走长途是去无锡，是一个人独行，和女朋友约好了在无锡见面。女朋友当时还在苏州，从苏州去无锡，一个小时的火车就可以到。她当然是坐火车去。

南京到无锡的距离是二百二十公里，最初的计划是两天到达，中途在溧阳歇脚。我的一位大学同学曾在溧阳插过队，后来又在溧阳县城一家小工厂当工人，听说了我的计划，立刻表示帮我解决在溧阳的住宿。大学同学之间的最可爱处，就是相互之间有一种义不容辞的帮忙义务。我那位大学同学说："你放心去好了，我先写封信去，再给你写张条子，到时候你去找他，就住他们家。

这人跟我绝对哥们。"

于是便出发，这么长的旅程，自然是赶早。前一天夜里，因为太激动了，翻来覆去不肯睡。先是想路上应该怎么样，到后来就是担心自己不睡好，影响第二天的旅行。越想睡越睡不着，迷迷糊糊到早晨四点钟，翻身下床，刷牙洗脸，精神抖擞地上了路。

是暑假里，满天的星星意味着是个大晴天，我像箭一样地往城外冲，那速度就像是参加比赛。大学读书期间，我坚持每天打两小时排球。我是班上的体育明星，中文系的铅球和跳远冠军。一个人在马路上骑车，除了骑快，反正也没什么别的消遣。到天亮的时候，我算了算已骑的路程，自己也感到吃惊。

我在一个叫作天王的小镇吃了两碗光面。光面是一种价格最便宜的面条，吃完了，马不停蹄地又上路。我发现自己正在创造奇迹，计划中是下午才能到溧阳，可是按照目前的速度，在中午之前，我便能到达溧阳。溧阳是在去无锡的一半路程上，如果中午到溧阳，那为什么不一鼓作气赶到无锡呢。

让人感到兴奋不已的，是自己一点儿也不感到累。从南京往溧阳走，很多地方都是丘陵，一路得不停地爬坡。爬了坡，自然还得下坡，为了赶速度，上坡拼命蹬，下坡还嫌不快，脚上不时地再加一把劲，这样自行车的惯性就更大，一下子冲出去多远。到溧阳是中午十一点，我拿着同学的那张纸条，找到了要找的人。

果真是一位热心的年轻人，二话不说，就拉我去吃饭。我也不懂得客气，好像找到他仅仅是为了吃饭，坐下来就吃，而且一定吃饱。吃完饭，热心的年轻人又让我再吃西瓜，并劝我不要赶无锡，天太热了，当心中暑。

我感谢了热心的年轻人的好意，在竹躺椅上躺了一会儿，又吃了半个西瓜，情绪昂扬地上了路。一切顺利，天很热，我一路不停地灌水，汗没完没了地涌出来，摸摸自己的额头，毛乎乎的都有了一层盐粉。到晚上八点钟，我竟然骑完了二百二十公里的全程，冲进了灯光闪烁的无锡城。

第一次骑车旅行尝到了甜头，不可能见好就收，回到南京以后，心里兴冲冲甜滋滋老想着下一次。刚开学，明年暑假里骑车去什么地方的宏伟计划已经定好了，而且约好了伴侣，两个人一起去。巧就巧在这一年内，我居然瞎猫撞上了死耗子，发表了五篇短篇小说，口袋里顿时有了几个钱，骚得不行，等不到第二年的暑假，便逃学上了路。

这一次的时间好，是三月底，一路春色。因为是逃学，玩起来更有一番情趣。这次的目标是去富阳，然后沿富春江往前骑。我们先花两天时间骑到了杭州，记得当时正下着小雨，远远地看见高楼大厦多起来，马路上逐渐有了穿着时髦衣裳的女郎，我们终于出其不意地看见了美丽的西子湖。

　　两个人骑车旅行比一个人有趣得多。两个人尽管一路神聊，话多了，时间便会不知不觉过去，不知不觉就已经骑出去了许多路。骑车旅行弄不好就会变成单纯的体力劳动，两个好朋友一起骑车出门，这才有可能使骑车旅行真正成为一种乐趣。我们这次旅行，再也用不着像我上次那样，以赶路为主要目的，我们可以一路想怎么玩就怎么玩。有时候到了一个并不是怎么有名的小县城里，我们可以临时决定就在这里住下来，我们掏出学生证，向那些便宜的小旅馆的主人说明我们是穷大学生，反正将就一夜，怎么便宜怎么好。好心的小旅馆主人常常只收我们一半的钱。

　　一切都安顿好了，我们换上拖鞋，在小县城里无目的地东游西逛。小县城里的馆子很便宜，我们把住旅馆省下来的钱，再扔到那些便宜的小馆子里。当年浙江的一些小县城的小馆子，如今想起来就让人怀念，花两三块钱可以酒足饭饱，美美吃一顿，喝得醉醺醺，沿着小县城的石子路，晃悠悠地回小旅馆，那快乐的滋味，连做梦也不会遇到。

对母校的记忆

我对母校最强烈的记忆，说出来有些不雅，那就是忘不了宿舍厕所里浓郁的尿臊气。这种焕发着青春气息的味道，如此强烈，如此汹涌澎湃，仿佛划一根火柴就可以燃烧起来。不知道现在的情况如何，反正那时候真了不得，时至今日，那气味仍然让我心有余悸，一想到就头晕。二十二年前，我成为南京大学的一名学生，在校读书期间，我庆幸自己可以经常逃回家去，晚上想几点睡觉就几点睡觉。住在学校里则没有这样的运气，学生宿舍晚上十点钟熄灯，到时候铁定拉电闸，对于那些想用功读书的人来说，十点钟就结束战斗实在太早了，拉了电闸以后，想发愤，只好到厕所那边去，因为只有这里的灯是长明的。

这样的场景真是让人难忘。在令人窒息的尿臊味中，同学们皱着眉头，或站或坐，在那昏黄的过道灯下，用功读书到深夜。我没有任何指责晚上十点钟熄灯制度的意思，事实是，当时如果不这样强制，一代大学生的身体，就有可能被弄坏。不是所有的人都能在厕所的强烈气味里坚持下去，刺臭的臊味在某种意义上，对同学们的身体起到了保护作用，人们终于被熏得睁不开眼睛，不得不乖乖地回房间睡觉。还可以举一个差不多的例子，譬如吃了晚饭，去阅览室教室自习，大家得像做生意的小商贩一样，早早地赶到那里，稍稍迟一点就可能没位子。有一段时间，去教室抢座位差不多成为一件大事，好不容易占到的位置，仿佛是自己抢到的地盘，绝对不肯轻易放弃。如果不是定时熄灯制度，废寝忘食的莘莘学子不知会用功到几点。一句话，对那些只知道苦读的学生来说，不强制就不行。

当时学校里的许多活动，都和确保有效的苦读分不开。譬如体育锻炼，我们这一届学生年龄相差悬殊，岁数最大的，差不多可以做最小的父亲，于是见到这样的场景一点也不足为奇，有人跑步，有人打球，还有人打太极拳，当然也有人身体本钱好，什么也不锻炼。各种锻炼的功利性显而易见，在读本科的四年里，我差不多每天都坚持打排球，这在当时，颇有些不务正业的意思，因为当时苦读的气氛太强烈，一个人不是成天捧着书，天天出现在操场上噼里啪啦地打排球，就很容易给人误解。大学毕业的时候，同学们互相赠言留念，很多人在给我的留言中，都觉得我是个快乐会玩的人，言辞中充满羡慕，大学生活太刻苦了，在他们的记忆中，像我这样能每天打排球的人，就已经是最幸福最懂得享受的同学。

　　毕业以后，我一直在想，如果我们这一代学生，始终能像在大学读书时那么用功苦读，那么玩命，结果又会怎么样。这是一个不切实际的浪漫主义的想法。人不会永远在臭烘烘的厕所边苦读，不应该也没必要，十年寒窗苦，这里的十年，已经是一个很长的数字，而在大学里读本科，毕竟只有四年。我在校学习期间，那是一个为了知识可以不要命的年代，当时最耀眼的大英雄是陈景润，所有的人都拼命读书。那时候看重的，不是学历，不是职称，眼睛里只有单纯的知识，说为读书而读书一点也不过分。那时候没人去想为什么要苦读，更不会想苦读了以后会怎么样，苦读成为一种风气，人生活在这种风气中，很自然地就心甘情愿地用功读书了。

　　南京大学的苦读是有传统的，有趣的是，从来就没有一位老师要求我们应该如何苦读。在科学的春天里，关照学生用功读书显然有些多余，这就好像一辆汽车的油门已经踩到底了，没必要再提醒司机还应该怎么加速。对于同学们来说，苦读既是一种无形的压力，也是一种当然的习惯，大家生活在苦读的磁场之中，不知不觉就这么做了。回忆当年，最能让人感到亲切的，也就是这种盲目的苦读。历史上，南京大学的前辈就以苦读闻名，辛亥革命以后，有一种流行的说法，那就是要做官去北京，因为这里是北洋政府的所在地，要发财去上海，因为这里是十里洋场，而真要读书，最好的选择就是到南京，因为在这里，除了能读些书，什么也得不到。"三更灯火五更鸡，正是男儿读书时"，这诗句是对我们前辈的形象记录，老辈人提到南京大学学生的苦读，总是忍不住要啧嘴激赏。

如果说现在仍然感到有什么遗憾的话，那就是自己当年读书还不够刻苦。在不同的场合，面对不同的人，我不止一次说过自己不是什么好学生。直到现在，我仍然常常梦到考试，我害怕考试，一度曾经对考试充满敌意，然而又不得不由衷地赞扬考试制度。如果不是恢复高考，我不可能成为大学生，也不可能考上研究生。再也没什么比考试更公平的竞争。我由衷地感谢母校给我提供的苦读机会，苦读的意义不仅在丁学到了什么，关键是给了我一种方法，养成了一种自然而然的习惯。时至今日，我仍然经常提醒自己，应该始终保持一种学生心态，我希望自己永远能当一名学生。

写小说当毕业论文

我是个很有些学院情结的人，当作家并不觉得有什么荣耀，如果说是某名校的大教授，学有所成货真价实，这个才非常牛。虽然上大学时经常逃课，我本质上还是很爱读书，并且学习用功。常跟当上博导的朋友们聊天，说自己不够用功，他们很当真，不以为然，说这个用不着太谦虚，在今天在当下，一个还能觉得自己不用功的人，基本上已经算很用功了。

有位花十万大洋做征婚广告的美女喜欢文学，评点当代作家，旗帜鲜明地表示，喜欢苏童，不喜欢叶兆言。她讨厌我的理由，是叶某人只知道刻苦用功，没什么才气。因此，尽管一直觉得自己还不够，起码别人看来，在教授博导深邃和美女清纯的目光里，我就算用功。

大学三年级，学年论文是《杨朔散文的告别》，洋洋洒洒一万八千字，自觉不错，写得也很努力。当年的杨朔有点像后来的汪国真，辅导老师是他的忠实粉丝，他泪汪汪地说，你怎么可以这样。这位老师很真诚，不说你有什么不对，只说你知道不知道，你让一个热爱杨朔的人感情上受不了。我觉得十分抱歉，也许太不喜欢杨朔的缘故，用词难免刻薄，一日为师终身为父，我怎么可以让老师不快乐呢。

当时选课有规定，本学期课程全优，下学期可多选修一到两门课，为早日拿满学分，我千方百计地混全优。说起来惭愧，居然是班上最先拿满学分的几人之一。这么做，是希望四年级时不用再修学分，全力以赴做好一件事，譬如写毕业论文。毫无疑问，辅导老师有所鼓励的话，我很可能把关于杨朔的论文继续写下去，很可能就成为一本书。好歹我也是个有野心的学生，可别小看了学年论文，后来读研究生时的恩师叶子铭先生，当年就是凭借研究茅盾的学年论文一举成名。

都说写论文和写小说不能两全，在我看来差不多。写什么都是写，都得用心写好。所在学校有规定，可以用创作代替毕业论文，也就是说，你写篇小说就 OK 了。真有些荒唐，那时候我已写了不少小说，这政策等于白送钱给人。

我还是很犹豫，内心深处，总觉得小说代替论文，难免野路子野狐禅，我本江湖上的名门正派，如何能干这勾当。前面说过，我有学院情结，是可忍，孰不可忍，然而指导老师不换，非要去跟人家的粉丝较劲，显然不够明智。因此权宜之计，实用主义占了上风，冒冒失失用一部中篇小说充当毕业论文，如今回想，仍然觉得丢人，这叫什么事呀。

当不了和尚

这是十年前的事。当时刚参加过研究生考试的复试，录取在即，已经觉得读书没意思。早知道江浦有一个山上，藏着一座野庙，忽然心血来潮，约了个朋友，骑着破车便去拜访。庙叫兜率寺，其中的率究竟是读概率的率，还是率领的率，至今也没弄清。真是个小庙，小得仿佛普通人家。

我们在庙周围转着，见人就问，谁都是扬手一指，说就在那儿，可我们偏偏摸不到门槛。终于遇到一个脸色红润的小和尚，笑着把我们引进了山门，带到了方丈的房间里。方丈的房间很雅，挂着许多字画，我们去时，方丈大约刚方便过，正在倒痰盂，黄澄澄的尿液，就倒在窗前的漏斗里。

方丈住在楼上，从方丈倒尿液的窗户里，可以看见不远处好几个花花绿绿的姑娘正在采茶。屋檐上的野蔷薇开了，淡淡的一股香味。方丈请我们坐，然后就像熟人似的聊起来。初次见面，竟然没有一丝一毫的陌生。已经记不清当时谈了些什么，反正我们也没什么具体的想法，佛教的道理太深奥了，不是几句话，就能讲明白或听明白。很随意地说着，记忆最深的，是方丈自始至终，说什么话都认真诚恳，因为他太认真诚恳，使我们的谈吐，显得特别俗气。

我们在庙里住了下来，跟和尚们一起生活。第一顿饭痛苦无比，简直没办法咽下肚。白米饭一股霉味，炒青菜，烧得就像是喝过的隔了夜的茶叶。看着和尚们吃得喷香，我和朋友都觉得好笑。吃晚饭时，是白粥，由于中午几乎没吃，肚子饿了，就着极咸的萝卜条，吃了两大碗。晚饭吃得太早，到睡觉时，已经饥肠辘辘。第二天一大早爬起来，饿得腿都软了，刷了牙，也顾不上害臊，就去等饭吃。和尚们正在做早课，我们极不耐烦地等着。真不敢相信这就是自己，好像从来也没这么饿过。好不容易熬到吃早饭，稀里哗啦两大碗白粥，连气都不喘，就狼吞虎咽下去。

在庙里待了二十四小时以后，我们除了觉得肚子饿之外，几乎没有别的感觉。肠胃仿佛被彻底地清扫过一样，刚吃下去，转眼就消化了。透着一股霉味的白米饭，远远地闻着直流口水。方丈和我们谈话时，我们饿得头昏眼花，说什么，都是硬着头皮在听。也许我们的原意，只是想体会一下和尚的生活，想知道一些和尚的情况，可事实上，我们很快就发现自己除了本能地想吃点什么，脑子里就像缺了氧，空空的，一无所有。

　　让我们感到吃惊的是，和尚们的精神状态出奇地好。方丈的眼睛永远是亮的，明亮，没有杂念，喋喋不休地谈着他的禅。方丈并不想把我们拉入空门，他沉浸在宗教的幸福中，同样是出于本能地向我们表达他的这种感受。出家人和俗人的本质区别，就在于他们没有我们那么多的胡思乱想。出家人心静如水，在野山破庙里修行着，与世无争。而俗人闲着无事，常常以小人之心，用自己最卑鄙的念头，去设想出家人会怎么样。出家人完全不是我们想象的那模样。他们感觉良好，活得真正意义的潇洒自在，并不在乎我们会怎么想。

　　我想，耐得住饿，这恐怕是能否进入佛门的第一关。仅仅是饿，我们就意识到自己在庙里坚持不了几天。我们是不折不扣的俗人，当不了和尚。饥饿是一种考验，是修行的一部分。有道行的高僧，据说过午不食，也就是说一天只吃两顿，中午以后，直到第二天黎明，都要禁食。在和尚眼里，吃，已没有任何享乐的意义。食物的本义，仅仅在于能维持生命而已。觉得饿是健康的一种标志，我想和尚们大约不是不知道饿，出家人俗人都是人，肠胃功能没什么区别。饥饿对于俗人来说，是一种不能忍受的痛苦，对于出家人来说，却是一种对于生命的体验，是生命存在的快乐。只有饥饿的人，才能明白食物的本义。世界上最好吃的东西，不是山珍海味，而是我们饿的时候吃的东西。

我们在庙里煎熬了没几天，就逃下山去。真的是逃，因为在庙里，除了等吃饭，我们已经什么都干不了。实在太没出息了，面对活得自由自在无忧无虑的和尚们，我们感到十分羞愧。我们真的明白了什么叫俗人。这不起眼的破庙里的方丈是当代一位高僧，精通字画，古刹名寺里，常常可以看见裱工精良的落款是他的画。有一次在鸡鸣寺，一位出家人得知我曾和方丈有过交往，非常羡慕地看着我，眼睛顿时亮起来。他觉得这是一段了不得的缘分。

关于流水

之　一

上中学时，有一次看见一位居民，从门前的秦淮河里捞起条金鱼。很大的一条，可能是别人放养，也可能是天生，反正那鱼的颜色，和一般的缸养金鱼不一样，是青色，大尾巴。捞起这条金鱼的人，把鱼放在一个大木脚盆里养着，不少人围着看，纷纷猜测这鱼的来头。连续很多天，我们放学路上的一个重要内容，就是去看那条鱼还在不在。那人想把这条大金鱼卖了，可是一直没有买主。

那年头，若有人举着一根鱼竿，在秦淮河边钓鱼，不能算是发疯。秦淮河里确实有鱼，不仅有鱼，还有小虾，孩子们河边玩耍，眼疾手快，用捞鱼虫的小网兜迅速出击，便能有所收获。关于流水的概念，我其实到了很久以后，才逐渐明确起来。童年的记忆中，河水永远在流，这和现在见到的情况完全不同。小时候见到的都是活水，不像现在，动不动就是臭水潭。

小桥流水人家，是典型的江南特色。记得八十年代初期，秦淮河排水清淤泥，几个喜欢收藏的朋友闻讯，赶过去淘换宝贝，高高地卷起裤腿，光着脚跳下河，从几尺厚的淤泥中搜寻前人留下来的文物。忙了几天，把能搜集到的破青瓷碗，有裂纹的花瓶，断的笔架，还算完整的小鼻烟壶，喜气洋洋地都席卷回家。说起来都是有上百年的历史，喜欢古董的朋友就好这个，他们博古架上的供品，有很多好玩意其实就是埋在河底的垃圾。过去年代里走红的妓女，失意的文人，无所事事的贩夫走卒，得志的和不得意的官僚，未必比今天的人更有环保意识，有什么不要的东西往河里一扔，便完事。

不妨想象一下，河水不流，又会怎么样。壤非壤不高，水非水不流。流水不腐，秦淮河要是不流动，早就不复存在。正是因为有了秦淮河，我们才可能在它的淤泥里，重温历史，抚摸过去。这些年来，人们都在抱怨秦淮河水太臭，污染是原因，水流得不畅更是原因。流水是江南繁华的根本，流水落花春去也，看似无情，却是有情。是流水成全了锦绣春色，江南众多的河道，犹如人躯体上的毛细血管，有了流水，江南也就有了生命，就有了无穷无尽的活力。

之　二

　　"昨夜月明江上梦，逆随潮水到秦淮。"这是王安石诗中的佳句。如果说水乡纵横交错的河道是毛细血管，长江就是大动脉。大江东去，奔腾到海不复还，古人把百川与大海汇合，比喻为诸侯朝见天子。长江厉害，更厉害的却是大海。

　　江南水乡的人，对潮起潮落有特殊的感受。水往低处流，长江下游，受到潮汐的抵挡，水位迅速变化。以我外婆家后门口的石码头为例，潮来潮去，一天之内的落差，可以有一两米高。清晨起来，河水已泛滥到了后门口，站在门外稍稍弯腰，就可以舀到水。到了下午，滔滔的河水仿佛脸盆被凿了个洞，水差不多全漏光了，要洗碗洗菜，得一口气走下去许多级台阶才行。

　　现在的江南，已很难看到潮起潮落。到处修了闸，水位完全由人工控制，人的日常生活，和潮汐几乎无关。要说这种变化，也不过是近二三十年的事情。我在农村上小学的时候，吃完饭，大人把锅碗瓢盆放在河边的码头上，慢慢地涨潮了，河水漫上来了，到退潮以后，容器里常常会有小鱼留下来，慌慌忙忙地游着。那鱼是一种永远也长不大的品种，一寸左右，大头，看上去有些像蝌蚪。

　　水乡的男孩子没有不会捉螃蟹的，秋风响，蟹脚痒。三十年前，江南水乡到处可以见到螃蟹，河沟里，田埂旁，捉几个螃蟹来下酒，谈不上一点儿奢侈。流水是螃蟹的生命线，水流到哪里，哪里就有螃蟹的足迹。如今是在梦中，才能重温当年捉螃蟹的情景。要先找螃蟹洞，发现了可疑洞穴，便往里泼水。如果有一道细细的黑线涌出来，说明洞里一定有螃蟹，于是就用一种铁丝做的钩子，伸进去，将那螃蟹活生生地揪出来。

这是一种野蛮操作，螃蟹会受伤，受了伤很快会死，死螃蟹绝对不能食用，所以不是吃饭前，一般不用这种下策。聪明的办法是用草和稀泥和成一团，将洞堵死，然后在旁边做上记号，隔三四个小时再来智取。取时手穿过堵塞物，沿着洞壁慢慢伸进去，抓住螃蟹的脚，另一只手拿开堵塞物，螃蟹也就手到擒来。螃蟹意识到氧气不足的时候，会不得不往洞口爬。如此捉蟹的方法，关键要掌握好时间，太短了，手刚伸进去，螃蟹还未进入昏迷状态，仍然要往后逃；太长，便会憋死。

之 三

苏州人嘴里，河与湖发同样的音。这种巧合，反映了江南人对水的看法，在长江下游的人眼里，河与湖没什么太大区别。

我有个亲戚阿文在江南水乡插队当知青，按辈分，比我小一辈，按年龄，却比我大了差不多十岁。他长得非常帅，而且聪明，一转眼，在乡下已经当了五年知青，中学里学过的教材仍然不肯丢，没事就看书，还偷偷自修英语。他中学学的是俄语，当时中国和苏联关系紧张，原来学的那点俄语根本没什么用。记得有一次说好了一起去赶集，他兴冲冲借了条船回来，笑着说："明天我们一起坐船去，我正好要去接一个人。"

在水乡，船是最重要的交通工具。知青下乡，首先要学的就是摇橹。我曾经尝试过许多次，划不了几下，橹就会掉下来。第二天一大早，阿文打扮得干干净净，扛着一个橹接我来了。那天走了很多路，去镇上的路并不遥远，可是船在镇边上停了一下，就马不停蹄继续赶路。去镇上只是一个幌子，我因此跟着他坐了整整一天的船，还饿得半死。后来才知道他要去接的人，是个女孩子，是阿文朋友的女朋友。春光明媚，正是菜花开放的季节，菜花金黄，麦苗青翠，天空中飘着大朵大朵的白云。阿文的朋友被推荐上了大学，在大学里学地质，他有个同学生病回乡，就托这位同学带封信给他的女朋友。

我不知道为什么那信要托人带，而不是直接寄，并且要绕个大弯子，由阿文带着她去取。很多事一直也没有弄明白。阿文和女孩子显然很熟，她生得极小巧，皮肤很白，戴顶大草帽坐在船头。我至今仍然能记得草帽上的一行红字，"将革命进行到底"，日晒雨淋，字迹已斑驳脱落。一路上，大家都不说什么话，我觉得很闷，很无聊。终于到达要去的地方，见到了那位同学，在那里吃了饭。女孩子看完信，似乎有些不太高兴，老是冷笑。

后来就是回程，先送女孩子。女孩子也是知青，是上海人，回去同样没什么话，半路上，她突然开口，冷笑说："我们真倒霉，来时逆水，回去，又是逆水。"船在航行，坐船的人并不太在意水的流向，经她一提醒，我才注意到水流很急，难怪我们的船慢得够呛。

阿文笑着说："你倒什么霉，吃苦的是我，涨潮落潮全赶上了。"

我们披星戴月，很晚才到家，阿文活生生地摇了一天的橹，没有一点儿疲劳的样子。整整一天，他都是很兴奋，我当时有种感觉，觉得阿文是有点喜欢那女孩子，因为喜欢，所以兴奋。当然只能是喜欢，没什么别的意思，毕竟是他朋友的女友。岁月如流水，将近许多年过去了，往事不再，女孩子据说后来和一个毫不相干的人结了婚，阿文对这事闭口不谈。

又想到了考大学

老夫聊发少年狂，胡子白了依然青春。夜来忽梦要考试，脑子里一片空白，赶快临时抱佛脚，赶快玩命复习。一个劲儿后悔，逃课太多，没有笔记，根本没看过什么教材，后悔来去，噩梦终于惊醒。

考试永远是个伤自尊的玩意，无论你多强大，多牛气，多顽强自信，未拿考卷之前，尚未知道分数之前，心头那块石头不会落地。这也是老师们总是很强大的原因，只要有老师，学生注定是弱势群体。

二十世纪七十年代末恢复高考，前两届我都参加了，也就是77和78两级。第一次像走过场，根本不通知你分数，稀里糊涂去考了，先初试，再复试，然后痴汉等老婆，眼睁睁傻等。记得是在冬天，断断续续，春节都过去了，还在发放录取通知，可惜都跟本人无关。

失败往往比成功更加记忆深刻，印象最深的是左右摇摆。当时想考理科，害怕体检通不过，我的身体条件据说只能考数学系。硬头皮报文科，内心又不是很喜欢。学好数理化，走遍天下都不怕，理科生看不起文科，显然早已种下祸根。当然，最看不起文科的，从来都是文科生自己。那年头还谈不上什么远见，绝不会想到日后清华毕业才更有出息，当的官才会更大。

考文还是考理，成了一个哈姆雷特似的问答。对于那时候的我来说，实用主义占据绝对上风，夹到碗里就是菜，只要能考上，只要能混进大学，文理本不是个问题。问题是不知道能不能考上，能不能跨进大学门槛，押文或押理，像泡很急迫的尿一样，真把人给活活憋死。第一次这样折腾，第二次还是这样折腾，那一段日子，恨不能天天扔一次硬币，这星期刚决定了文科，到下星期，又咬牙切齿准备考理科。

能自由选择并不一定是好事，一直到正式填写志愿，仍然还在犹豫，最后定下文科，也是鬼使神差。不由得想到旧时的包办婚姻，比如我祖父，结婚前就没和祖母见过面。祖父也算是新派，祖母还是大学生，可是没经过自由恋爱，婚姻一样美满幸福，夫妻恩爱足以成为楷模。

填完志愿，总算死了心，有点像旧时嫁人，既然选择文科，只能破罐子破摔，嫁鸡随鸡，嫁狗随狗，嫁了石头抱着走。我当

年读大学，并不是个用功的学生，望考试而生畏，过考场便毛骨
悚然。不过为了考大学，还真能玩命，那年头在工厂上班，时间紧，
基础又差，能混进大学也不容易。

开始玩电脑

想电脑打字机已经很长时间，我一直有个傻想法，就是写作工具的改善，对自己制造小说能有些帮助。丈母娘曾问过我，有了电脑打字机，写小说是不是不用脑筋。答案自然是否定的，不过我真希望有这样的机器，坐在那儿，啪啪乱打，文章便写出来。

我最羡慕笔头快的人，前人形容林琴南先生"运笔如风落霓转"，说他译书时，不加窜点，脱手成篇。林琴南不懂外文，译书全凭人卖嘴皮子传达。老先生的本事实在太大，"口述者未毕其词，而纾已书在纸，能限一时许就千言，不窜一字"。"林译小说"当年轰动一时。据说他每天工作四小时，可成五六千字，难怪所翻译的西洋小说可达一百五十九种。

过去写文章全靠毛笔，要磨墨，三九寒天会结冰，酷暑时略停片刻便干结。钢笔的引进是写作工具一大革命，这场革命的结果之一，是我这样不会拿毛笔的人，也能理直气壮当作家。像林琴南这样的老先生，显然将毛笔的功能发挥到了极致。古人传说中的"倚马奇才"，也不过如此。不妨想一想，每小时一千五百字，天天四小时，天天保持这样的速度，写上十年或者几十年，可以有多少字。

工欲善其事，必先利其器。我的字不仅写得慢，而且像小学生的一样笨拙。人难免睡不着觉怪床歪，写不好文章怨纸笔。我知道天下不会有这样的便宜事，自忖有了电脑打字机，写不好仍然写不好，写不出仍然写不出。玩小说的人永远有一颗蠢蠢欲动不安分的野心，为了实现自己的心愿，小说家当然希望掌握最好最有效的工具。

南朝湘东王录忠臣义士文章，所用的笔分三品，忠孝全者，金管书之，德行精粹者，银管书之，文章华丽者，斑竹管书之。由此可知，古人对书写工具也讲究，只是有些太过分，太华而不实，太不在点子上。文章写好才是第一要紧的事情，金管之笔不用说操纵不灵，就算有一把好手劲，写出来的文章不好还是不好。文章千古事，流芳百世遗臭万年，全看内容如何。好自好，不好好不了。

据说使用电脑打字机，每分钟可写一百多字。这速度让人兴奋无比浮想联翩，或许作家迟早都得玩电脑打字机，反正赶早不赶迟，不妨图个新鲜。下决心出次血破回财，一人上当又不甘心，拉着周梅森和朱苏进共同掏钞票，所谓荣辱与共，老鼠药人参大家一起吃。现在这时髦的玩意终于请回来，练习和调试了不过一天，心痒痒地便开始写稿子。

　　正儿八经地算是写，手指在键盘乱动，错了重新来，坚决不用笔打草稿。既然花了钱，就得摆派头，决心已定，不达目的誓不休。潜意识中觉得会遇上不少困难，打着打着，糊里糊涂差不多就是一篇文章，明摆着使用电脑打字机不是很难，都说作家要靠笔杆子吃饭，以后混得好不好，看来就得全拜托电脑，以上算是我打出来的第一篇文章，断断续续，终于完成了。

等剃头

小时候，我和小伙伴们最喜欢一起去剃头。人多要排队，我们就坐在长凳上聊天。聊到有趣的地方，剃头师傅对我们大喝一声："喂，剃不剃？"于是赶紧坐上去，一个被剃头，另一个便在一旁十分专注地看。事先说好了不许捣乱，剃着剃着，半边脑袋低下去一块，被剃的人自己看了滑稽好笑，旁边看的也觉得好笑。剃头师傅火了，恶喝道："有什么好笑的！"忍住了，想不笑，可是过了一会儿，又笑起来。

剃头师傅是一个胖子，样子凶，其实并不凶。他看着我们长大，动不动就提穿开裆裤时候的事。我们看着他越来越胖，越来越老，不能再剃头，自己也就从少年变成了青少年，变成了青年。到了懂得要臭美的日子，我们开始去稍远一些的理发店，一样地剃，收费却高了许多。

旧书上曾有文武理发店之说。所谓文者，是指吹烫全套现代化；武者，推拿和敲打全身。理发店是让人焕然一新的地方，但也经常会发生一些不干不净的事情。最极端者是带有色情意味的发廊。旧时专为女人做头发的师傅又被叫作吃女人饭的。女人为了烫头发时价格便宜一些，或者为了式样时髦一些，常常不惜打情骂俏。剃头师傅趁机揩油吃豆腐，自然也就在情理之中。

过去理发店常用的对联是，"不教白发催人老，更喜春风满面生"。从理发店里走出去，顿时焕然一新变了个人。尽管不是每次都变得更好，但大多数的人是会满意的。不知道别人是怎么想，反正我每次理发，绝不仅仅是因为头发长。我很愿意把理发理解成为一种仪式。每当我开始写一篇新的小说，或是小说写到一半不顺利的时候，便去理发店。

已经许多年了，我都是去家门口乡下人开的理发店。发型也是多少年一贯制，将就着是小平头就行。现在的人太多，并非过年过节，理发店里也人满为患。虽然就在家门口，有时候也不得不等一小时。这一个小时未必就是真的耽误，人闲坐在那里，脑袋却不一定要真的闲着。这时候是大脑思维最为活跃的时刻，用来构思小说，往往会有奇思妙想。有的作家喜欢在咖啡馆里写作，道理其实和在理发店里构思小说一样。毫不相干的人，在你身边说着和你毫不相干的事，你会感到一种局外人的孤独。局外人的孤独，是小说家的摇篮。

我现在去的那个发廊，男客多是建筑工地上的民工，女宾则是周围的市民。不知道那些剃光头刮胡子的老人一个个都跑哪儿去了，发廊什么样的人都有，就是没老人。现在年轻的民工，都爱剃香港歌星的发式，一个个都有些像郭富城。发廊的墙上，是地方就是港台明星的照片。发廊一台录音机里常放的是真正的流行歌，电视连续剧的插曲，进入港台排行榜的金曲，发行量逾一百万的《东方红》。通过发廊这个窗口，该看到的东西都能看到。对于有心好好地观察世界的人来说，发廊同样是测量世风变化的温度计。

有个女士反复使用一种据说也是名牌的摩丝，一头秀发已经完全变成了棕色，就像一头枯草，风大一些都能折断。名牌的摩丝能糟蹋女士的秀发，伪劣的护发用品后果就更严重。小贩们时常在理发店的门口推销一种出厂价的洗头膏和护发素。记得我们小时候去理发店，洗头就用那种黄黄的碱性很重的洗衣服肥皂。现在都改洗发水护发素了，有一次，师傅替一位小姐洗头，洗到一半，良心发现地对小姐说："下次你自己带洗发水吧。"小姐说："你的洗发水有什么不好？"师傅说："要好，我还会这么对你说？"

最能感到人情味的，是一位大腹便便的少妇闯进来剪头发。这是一位年纪还轻已经到了预产期的孕妇，近乎不讲理地走了进来，挺胸抬头，也不管排队不排队，像鸭子似的摇到椅子前，十分小心地坐下。即将为人之母的幸福感洋溢在她的脸上，她关照师傅替她把一头披肩的秀发剪短，如果不是做母亲，年轻的孕妇说什么也不会剪去引以为傲的长发。孕妇的母亲赶了来，她不放心地看着自己的女儿，怪女儿不该一个人跑出来。孕妇的母亲告诉师傅，说已经和医院联系好了，今天就去住院，她女婿弄车去了。师傅生怕伤着孕妇，小心翼翼地剪着头发，说："弄什么车，打的不就行了，到这时候，还省这钱。"

孕妇的母亲说："不是为了省钱，她女婿的哥哥就是司机，是一辆好车，局长专坐的。"

· · ·

第二章

心之所至，即为故乡

· · ·

怀旧，废墟上的徘徊

人之本性，难免喜新厌旧，怀旧却会有别样风光，会很时髦，会显得很有文化。十多年前，南京大学文学院院长董健老师曾经非常认真地问我，《南京人》中提到的那位老先生是谁，说这老先生的话很有道理，一针见血。弄得我很不好意思，《南京人》是我的一本旧书，他问的这番话是小说家笔法，是我伪造的，所谓老先生并不存在。董健老师很失望，做学问的人总是严谨，他向我打听出处，大概也是想在文章中引用，听我这么一说，只能叹气摇头。

我编造的这番话是什么呢，为什么董健老师会感兴趣？在《南京人》这本书中，我提到了民国年间有位老先生，说北京是个官场，就看谁官大；上海是个洋场，就看谁钱多。因此要做官，必须去北京；要挣钱，必须去上海。南京这地方什么都没有，做不了官挣不上钱，只能退求其次，老老实实做学问。老先生是文学加工的产物，结果董健老师信以为真，很多南京人也引起了共鸣。常常有人当面夸我，说这话有道理，说到了节骨眼上，说出了南京人的性格特点。有些在官场上混得不得意的人，甚至因为这番话，要与我结交，要跟我一起喝酒。

多少年来，作为一名小说家，我一直以偏重怀旧被读者所认同。不知不觉就成了遗老遗少，你还是一个不折不扣的青年作家，已有人写文章将你归类老作家老夫子行列。浑水摸鱼的怀旧让人多少占了些便宜，当然，有时也吃亏，毕竟老了会有过气之嫌。谁道人生无再少，门前流水尚能西，休将白发唱黄鸡，怀旧可以用来励志，励志不等于得志，仅靠怀旧在文坛上打拼，显然没太大出息，也不可能会有更好出路。俗话说，老而不死是为贼，一味怀旧，注定死路一条。

小说家怀旧与史学家不一样，小说家可以想象，可以合理想象，甚至可以不合理想象。只要说得好，胡说八道并没有太大关系。小说家们虚构人物，设计好故事，在史学家眼里是一堆幼稚笑话，错误百出漏洞无数。但是大家目的并无二致，都是温故而知新，就好像世界上没有无缘无故的爱，小说家也好，史学家也好，很少无缘无故地去怀旧。区别就在于方法不同，手段各异，真实标准不一样。

怀旧可以而且应该成为小说家手中的利器，如何利用怀旧，怎么利用怀旧，有很多学问可以做。作为一名小说家，我想不妨思考两个问题。第一，你为什么要怀旧。简单地为怀旧而怀旧，显然会有创作上的风险，小说家的怀旧总是别有用心，怀旧必须要有情怀，要有理想，要有最起码的人文关怀。第二，必须告诉读者，小说中的怀旧往往是虚构，文学的真实从来就不等同于历史的真实。换句话说，民国年间南京有没有那么一位老先生可以不重要，原话是否如此也不重要，重要的是能不能接近真相。我的关于南京人的性格描写，显然带有理想成分，也就是说希望南京人是那样，我只是写出了自己心目中的南京人。

事实上，我们都明白那些最基本的道理，都知道天下乌鸦一般黑，都知道真相并没有那么美好，南京人与北京人上海人并没有那么大差异。现实是残酷的，很难让人满意，哪儿的人都想当官，哪儿的人都想挣钱，陶渊明笔下的五柳先生说到底还是个文学人物，无怀氏之人与，葛天氏之人与，如果我们真相信五柳先生们确实存在，那也太天真了。理想和现实之间总是会有些差距，古人衔觞赋诗，只不过是为了以乐其志，也只能以乐其志，这一点，一千多年前的陶渊明先生早已经说得很清楚。

南京夫子庙的秦淮河边有个桃叶渡，说起来，也是一个著名去处，有历史有来头。喜欢书法的人都知道，东晋时大书法家王羲之的儿子叫王献之，字写得比他爹还好。这个王献之风流倜傥，有位爱妾叫桃叶，住在河对岸，他常常亲自在渡口迎送，并为之作了首《桃叶歌》：

> 桃叶复桃叶，渡江不用楫，
> 但渡无所苦，我自迎接汝。
> 桃叶复桃叶，渡江不待橹，
> 风波了无常，没命江南渡。

历史上的传说往往不靠谱，不知猴年马月，有好事的人怀旧，在秦淮河边竖了一块石碑，基本上就把一千六百多年前的故事给落实了。三人成虎，众口铄金，都这么说，大家也就深信不疑，都相信桃叶渡就在秦淮河边。明朝有位诗人叫沈愚，觉得这事不能这样以讹传讹，下功夫去考证，得出桃叶渡绝不可能在秦淮河的结论，确切地点应该是在长江北岸的"桃叶山"下，那里的古渡口才是原址所在，因此也写了一首诗：

> 世间古迹杜撰多，离奇莫过江变河，
> 花神应怜桃叶痴，夜渡大江披绿蓑。

沈愚搁在历史上没名气，这首修正考订桃叶渡的小诗，自然没什么影响，知道的人也不多。结果就是，同样是怀旧，大家对真相都不感兴趣，王献之《桃叶歌》中明明白白写着渡江，短短一首诗中有三个"江"字，却非要视而不见，认定桃叶渡就在秦淮河边，就在今天大家都错误认定的那个地方。这说明什么呢，说明在怀旧中，真假有时候并不重要，将错就错也没什么大不了。我们为什么会这样选择，这样的选择又会有什么样后果，这才是最重要的。选择性的怀旧完全有可能塑造出一个新的城市形象，毫无疑问，南京是一个滨江城市，然而它的城市建设，有意无意地总是沿着秦淮河在展开。多少年来，长江沿岸基本上都是破烂不堪，人们总是有意无意地避开江边，始终保持着适当的距离。滚滚长江显得有些宽大，好像小桥流水才更适合南京，"夜泊秦淮近酒家"成为这个城市最好的写照，醉生梦死灯红酒绿，很自然地就成为标签，结果便是，像刘禹锡这样的大诗人，完全可以不用亲临南京，完全可以不用体验生活，就能轻而易举地写出脍炙人口的《金陵五题》。刘禹锡在这五首小诗前面有自序说明，强调自己并没到过南京，他的怀旧基本上就是凭空捏造。

　　桃叶渡与南京的关系大可一说，事实上，它不只是一个文人与爱妾的八卦，而且与这座城市的命运息息相关。一种风流吾最爱，六朝人物晚唐诗，南京人喜欢说六朝古都，所谓古，也是怀旧的意思。可惜这个旧太遥远，说来说去，都是些不靠谱传闻。南京几乎找不到什么货真价实的六朝文物，原因同样可以从桃叶渡说起。当然，这个桃叶渡不是秦淮河边那个伪造的假古董，而是长江对面的桃叶山古渡。想当年，隋炀帝杨广曾在此练兵。那时候的杨广年轻有为，还没被封为太子，他在桃叶山下秣马厉兵，目的就是为了消灭南朝。结果大家也都知道，在桃叶渡那端，杨广虎视眈眈地做着准备，而在大江这边，陈后主仍然在醉生梦死，"妖姬脸似花含露，玉树流光照后庭"。很快隋兵渡江，六朝灰飞烟灭。"天子龙沉景阳井，谁歌《玉树后庭花》"，隋文帝下令杨广将南京这个城池给废了，于是该烧的烧，该毁的毁，这也是为什么南京这个古城很难见到六朝文物的真实原因。很长一段时间，南京真的就这么被毁了，它归镇江所管辖，城市地位大大下降。

　　一个城市繁华起来了，一个城市破落衰亡了，总会有这样那样原因，怀旧的目的可能就是为了探索这些原因。南京的繁华是它曾经是古都，南京的破落衰亡也是它曾经是古都，繁华的原因同样可以成为萧条的原因。对桃叶渡遗址的怀旧，有助于我们用一种别样的眼光打量南京，我们回忆往事，徘徊在历史的废墟上，感慨六朝繁华，流连吴宫花草和晋代衣冠，说来说去，所有的怀旧和追古，结果还是为了抚今，为了讨论当下。事实也是这样，对于这座城市的凝视，如果我们的目光始终只盯着秦淮河，只是关心它的兴衰，只是在意它的发展，显然远远不够。

　　南京作为一座古城，承受了很多次浩劫，遭遇了一次又一次人为的厄运。如果说隋朝的故事太遥远，不妨说说比较接近的，譬如二十世纪九十年代，距离今天也不过二十年，二十年算什么呢，弹指一挥间。那些年，南京出了一位臭名昭著的砍树市长，这位市长是林业大学的毕业生，对种树没兴趣，伐起木来却是一把好手，作为一名大权在握的城市父母官，他恶狠狠地砍去了许多树，理由非常简单，为了亮化这个城市，为了彰显繁荣的商业气氛。在这位市长的脑海里，一个现代化城市，首先应该是灯火通明，繁华就是灯红酒绿，繁华就是高楼大厦。

　　民国政府时期的南京，有一位叫傅焕光的先生，主持首都的园林工作。在他的指挥下，城市的马路两旁共栽了一万多株法国梧桐。七十年以后，这些参天的大梧桐成为地标，让南京成为一座引以为骄傲的绿色城市。可是在后来的这位砍树市长统治期间，在一个短短瞬间，说砍就砍了。"拔本垂泪，伤根沥血"，整个城市伤痕累累，真所谓顷刻间"生意尽矣"。有记者很认真统计，被砍去的梧桐多达三千多棵。在城市记忆中，这是非常惨痛的一次。它所产生的严重后果，对老百姓日常生活的伤害和影响，难以估量。

　　这位市长最终受到惩罚，被判处了死缓，与这次砍树毫无关系，只是因为贪污受贿。我们今天可以公开议论，数落他的不是，申讨他的过错，并不是这个人错误地砍了树，因为砍树罪有应得，而是因为他已经失势。如果说隋炀帝当年奉父之命，将南京城池毁尸灭迹，还是出于什么政治目的，是统治者大一统江山的需要，那么今天这位利令智昏的砍树市长，除了愚蠢和无知，真不知道还能用什么样的词汇来形容。在这样一个愚蠢和无知的市长主政下，古城南京的城市现代化规划，其糟糕程度可想而知。

南京作为一座经常被血洗被征服的城市，它的忍受程度，相对于其他城市，要强大得多。逆来顺受是这个城市的基本特点之一，国家兴亡匹夫有责，然而在现代都市的建设中，老百姓通常都是无能为力，种树或砍树，文物古建筑是不是要保留，肉食者谋之，当官的说了算，有权的人拍拍脑袋就可以决定。当然，大家心知肚明，不仅有过许多次被屠城的南京如此，中国的城市建设都有可能是这样，所谓问责制度有时候在执行中打了折扣。

一个现代化城市，保持着适当的陈旧很有意义。再以同样让人感到骄傲的古城墙为例，因为日晒风吹雨打，因为战争，因为一场又一场的政治运动，南京的明城墙到处都可以见到残缺。没有残缺就不是古城，断壁残垣有时候是一道非常好的风景，可以作为最好的历史标本。南京明城墙历经沧桑，有的是在太平天国攻城时被炸坏，有的是在二十世纪五十年代被野蛮拆除，根据修旧如旧的恢复原则，如果不能恢复原样，就应该保持不变。多少年来，对于古城墙修建，我一直持保护态度，一直反对粗暴简单的修复和重建。十多年前，在一个讨论明城墙如何保护的专家会议上，我曾向有关领导提出抗议，说对古城墙的破坏，今天的新建正在起着非常糟糕的破坏作用。大段大段新城墙拔地而起，成为十足的假古董，这不是在创造历史，而是在破坏历史。

　　新修的城墙和城门看上去惨不忍睹，城砖是新烧制的，上面竟然还印着公元某年字样。南京市民和西安市民打嘴仗，争论哪家的城墙更好更古老，人家就把图片发出来示众和讥笑。这种对文物缺乏最起码尊重的复古，把南京这座历史悠久古城折腾得不伦不类。我们都知道，世界上很多事情都是相对的，古城墙可以是一个城市的宝贵财富，同时，注定也是一种束缚，它对现代化交通，对城市市民出行，会有非常大的影响。早在南京国民政府时期，为了疏通交通，城市规划者就不止一次在城墙上打过主意。事实上，南京市民今天早已习惯的那些被动过手脚的古城门，譬如玄武门，譬如中山门，还有仪凤门，早就不是原物，都是经过了加工和改造。现在重新回顾它们，差不多已快一百年时间，想当年，人们对历史文物的认识，远不能和后来相比，然而考察当时的改造工程，和今天对照，仍然要高明许多。

　　首先从美观上来说，各种比例关系还是对的，城门变高了，城楼也相应做了一些改变，看上去还不是太离谱。不管怎么说，仍然还是和谐的，大家也还能接受。改革开放以后的这几十年，南京市政府开始有钱，明城墙保护的投入大大增加，决策者的重点只是一门心思要把早已断裂的城墙重新连接起来。所谓保护，变成了重修围墙，就好像一个土财主暴富了，赶紧要用高墙将豪宅围起来。结果便是让人哭笑不得，中华门的东西两端，原有的豁口确实连起来了，变成一个整体，变成一个空中通道，上面可以行驶电动观光车，每辆车可以坐上十几个观光客。在一个现代化都市里，怀旧常会被这种非常浅薄的观光所替代，观光客需要的是热闹，是偷懒和舒适，而我们的决策者很在乎这种热闹，很在乎这种不动脑子的偷懒和舒适。

　　二十年前，我曾经陪同汪曾祺先生登中华门城堡，登高望远追古抚今，他老人家很感慨，说这地方非常好，太好了，比天下第一关的山海关还要好。他老人家说得不错，中华门城堡确实是个好地方，可是现在又变成了什么样子呢？现在的这一段城墙完全变成了怪物，惨不忍睹，断裂的城墙连起来了，原本没有城门的地方，非常丑陋地出现了几个门洞。打一个比方，通常城门与城墙的关系，它们的比例应该是一个竖着的草鸡蛋，窄窄的，细细的，现在为了通行汽车，变成了一个个扁胖的城洞，仿佛一个洋鸡蛋，不是竖着，是横卧在那，远远看过去非常滑稽，非常难看。最不能容忍的是，这样的门洞还不止一个，在一段不是很长的距离中，比例严重失调的门洞竟然有好几个。

再也没有什么破坏比这个更让人痛心，为了城市的安全，一段城墙上只有一个门洞，这是最基本的道理，像现在这样接二连三，在短短一条连轴线上，一个接着一个，仿佛河岸边的螃蟹洞，完全是莫名其妙，是可忍，孰不可忍。如果汪曾祺先生见到这一幕，他会怎么说，他又会发出什么样的感叹？在城市决策者眼里，汪先生会有的观点根本不重要，秀才遇到兵，有理说不清，况且，文化人的观点也不可能铁板一块，上有好者，下必有甚焉者矣，我们都知道，很多错误决定和馊点子，本来就是那些没文化的文化人想出来的杰作。

有一年，台湾的张大春来南京做图书宣传，我有幸作陪，一位本地读者站起来指责，说我只知道躲在秦淮河边一味怀旧，对南京的砍树毫无表示。他认为作家在这件事情上是有责任的，有义务反对，作家是灵魂工程师，应该像鲁迅先生那样，路见不平，拍案而起拔刀相助。我不知道该怎么回答，感受最深的不是这样提问对不对，而是和他一样，对城市的砍树，对古城墙的破坏，充满了一种莫名的怨恨。我想起了那次南京明城墙保护专家会议，当我提出抗议以后，参加会议的最高领导只是笑着点头，然后非常平静地总结陈词，说叶先生的话很有意思，但是，我可能要很遗憾地告诉他，南京的这个城墙，我们还是要修的，还是要把它给连起来，为什么呢，因为它是世界上最长的城墙，是独一无二。

　　怀旧向来都是纸上谈兵，不妨再接着聊几句苏州。1129 年的南宋期间，金兵南下，苏州古城毁于战火。其后一百年间，废墟中的苏州不断恢复和发展，当时的郡守李寿朋让人在石碑上绘制了《平江图》，它是我国现存最早的一幅古代城市规划图。观察这幅图，我们可以清晰地看到，茫茫太湖在城西，大海在城东，湖水自西而来，经苏州城潺潺东流，最后进入大海。要强调的一点是，古城内一条条河道都是人工开凿，它们构成了完善的城市交通系统，"水陆相邻，河街并行"，既成为古代苏州老百姓的日常生活常态，同样也是此后江南水乡城市的基本样板。

　　通过怀旧，我们可以发现，一个好的城市规划可以造福市民很多年。苏州城多少年来能够独领风骚，与当初良好的城市规划分不开。有时候，一个城市遭遇了灭顶之灾，成为一片废墟，只要获得机会，计划得当，完全有可能再次重生。世界上很多著名城市都是这样，不破不立，一张白纸能画最美的图画。仍然是以江南城市的"前街后河，家家临水"为例，在古代中国，它是一种最合理的城市形态，因为合理，可以经历千百年而不变，譬如南京内秦淮河边众所周知的"河房"，这种传统民居早已为大家所熟悉，孔尚任在《桃花扇》中就曾经写道：

　　梨花似雪柳如烟，

　　春在秦淮两岸边；

　　一带妆楼临水盖，

　　家家分影照婵娟。

张岱《陶庵梦忆》对河房也有精彩的描述：

　　秦淮河河房，便寓、便交际、便淫冶，房值甚贵，
而寓之者无虚日。画船箫鼓，去去来来，周折其间。河
房之外，家有露台，朱栏绮疏，竹帘纱幔。夏月浴罢，
露台杂坐。两岸水楼中，茉莉风起动儿女香甚。女各团
扇轻纨，缓鬓倾髻，软媚着人。

　　时代毕竟是发展的，用现代化的目光来考量，这种已经成为
传统的沿河建筑，无疑有着巨大的环保问题。过去可以千百年不
变，现在还真不能不变。朱自清先生的《桨声灯影里的秦淮河》
提到河水"是碧阴阴的"，"看起来厚而不腻"，这是非常客气
的说法。事实上当时的污染已相当严重，沿岸河房对环境已经造
成了很大的破坏。1927 年民国政府定都南京，请来一位叫墨菲的
美国人进行城市规划，在墨菲的主持下，编撰了一本厚厚的《首

都计划》，在计划中明确提出要将首都南京建设成为全国城市之模范，并且要与欧美名城相媲美。这本书的序还特别强调，"此次计划不仅关系首都一地，且为国内各市进行设计之倡，影响所及至为远大"。可惜因为抗战爆发，这本吸收了古今中外城市设计先进理念的《首都计划》，更多的只能是一纸空文，对于一个喜欢怀旧的作家来说，它留下太多让人唏嘘之处。

如何保留明清风格的城南，如何整饬河岸，如何规划未来，如何雨污分流，《首都计划》中都有详细说明。结果却是再一次叹息，南京的城市建设并没有按照这个计划去做，江南的许多城市也都没有参照。早知当初，何必今日，在过去很多年里，这本计划书根本不存在，因为南京早就不是什么首都。历史的发展并不以人的意志为转移，二十世纪的中国城市现代化进程，由于战争，由于政治运动，停滞了很长时间，不仅是停滞，甚至还会倒退。然后改革了，开放了，步伐突然加快起来，紧接着便是河道被堵塞，被填埋，被过度开发，这样做最省事，最快捷，最不负责任，虽然后果很严重。经过野蛮拆迁，经过轻率新建，南京不再是南京，苏州不再像苏州，很多不像话的工程，很多长官意志，被当作教训，被当作学费，轻轻一笔也就敷衍过去。

怀旧仅仅作为一种时髦没有意义，怀旧从来都不是简单守旧，从来都不是庸俗复古。一个真心喜欢怀旧的人，往往会是个理想主义者。历史经验值得注意，历史教训必须吸取，温故可以知新，怀旧能够疗伤。怀旧不应该成为简单的目的，不应该只是停留在文化层面上。在城市现代化建设中，怀旧也许只是想提醒我们，该做什么，不该做什么。只是为了继往开来，因为没有过去，也就没有了未来。

文化中的南京

　　南京这城市，很容易先入为主，给人良好印象。许多人还没亲历现场，心已事先被折服。譬如唐朝的刘禹锡，根据施蛰存先生考证，他并没有以旅游者身份来过南京，可是没调查没发言权这话对他不适用。在这位大诗人眼里，六朝古都不过是一座纸上的城市，他眼红别人写的几首关于金陵的诗，技痒难熬也一气写了五首，其中两首七绝成为南京最著名的商标，为有名或无名的书画家所热爱，挂在各大宾馆酒店的墙壁上供人瞻仰。"山围故国周遭在，潮打空城寂寞回"，是咏石头城。"旧时王谢堂前燕，飞入寻常百姓家"，是今昔的对照和感叹。

　　唐诗宋词中，南京充满文化。文化的味道有点酸，也有点自娱自乐。文化人通常都不会太得志，不得志，借着南京的悠悠历史，便可以弄点小酒，追古抚今发个牢骚。风吹柳絮，吴姬压酒，李白很潇洒地来了，先一个劲猛喝酒，干杯干杯再干杯，然后玩一回"开心辞典"，考考前来送行的金陵子弟。"请君试问东流水，别意与之谁短长"，这两个东西没办法比，无形的别意与有形的流水，没办法比就是文化，就是诗。

浮云蔽日，长安难见，南京这城市有着太高历史的含金量，因为高，常把访问者绕糊涂了。外地的文化人来南京，借着知道的那点唐诗宋词，动不动就要问起"无情最是台城柳"的台城，就要问起"二水中分白鹭洲"的白鹭洲，这些地名旅游图册上仍然还有，但是你如果真相信了，那就只能上当。

也还是在唐朝，杜牧的"商女不知亡国恨，隔江犹唱后庭花"，活生生把南京钉在了历史耻辱柱上。这城市以出亡国的后主闻名，大名鼎鼎的孙权是如何英雄，他的后人却想用条铁索锁住滚滚的长江。接下来的陈后主、李后主，更是一蟹不如一蟹，个个见美人情长，当英雄气短。都是些没出息的皇帝，城岂能不破，国焉能不亡。陈寅恪先生对杜牧的诗进行考订，得出一个斩钉截铁的结论，认定不知亡国恨的商女，应是"扬州之歌女而在秦淮商人舟中"，他觉得我们对这诗的理解，有着不小的偏差，是"模糊笼统，随声附和，推为绝唱，殊可笑也"。

我是地道南京人，对陈先生一向佩服，这个独到的见解只能笑纳。把南京从失败的耻辱柱上放下来，好意固然可以心领，但是大多数读者，大多数有点文化的人，怕是还不肯轻易放过。南京一方面大沾文化的光，一方面又实实在在受文化的累。历史和文化这些好词，从来就不会平白无故。若以歌咏的旧诗词作为评定标准，无论数量还是质量，南京一定会名列前茅，就此得出结论，南京最有历史最有文化，也不能算是大错，而所谓有历史有文化，又不能不和这城市的没出息分开。

城市的后花园

十多年前，无锡一个会议上，旅游局长热情表态，要把太湖景区打造成上海的后花园。当时我和上海的作家朋友坐嘉宾席上，听见这番话，顿时感到别扭。无锡属于江苏，为什么不说是省城南京的后花园。

口号就是目的，所谓后花园，是用糖果哄人家来花钱。与一位历史学家谈起此事，我抱怨无锡人精明，谁有钱拍谁马屁，谁阔气抱谁大腿。历史学家不以为然，觉得这个提法并不一定占便宜。他笑着说，上海人确实花银子了，可是垃圾都丢在后花园。

事实证明了他的判断，太湖被严重污染，景区的这城那城，一度有很好的效益，现在都不怎么样了，颓败不可避免，前景显然堪忧。我曾坐过小飞机，从空中俯瞰下面的欧洲城，当时感觉很怪，仿佛真出了一回国。

以短视的眼光看，对太湖景区的打造，可以说是成功范例，毕竟盆满钵满，赚了大钱，但是步其后尘，模仿者有着太多的惨痛失败。基于这样很不低碳的现实，听到城市后花园的口号，我总是忍不住要喊几声"狼来了"，不合时宜地提醒一下。好山好水搁在那儿，你不去管它，永远还是一个好字。一个错误的决策，很可能把原有的一切都糟蹋了。

今年春天，安徽舒城的万佛湖雅集苏皖两省作家，游山玩水好吃好喝。主人不仅好客，而且虚心求教，希望能贡献好主意，为景区的开发出谋划策。据说这里早就定位，将成为省城合肥的后花园，高速公路已立项在建，用不了多久，景区便会车水马龙，变得很热闹。

美好前景让大家兴奋和激动，秀才人情不止一张纸，动笔写点小文章，还可以七嘴八舌妙语生花。有人立刻建议拍部好看的电视剧，有人想到了人文挖掘和编故事，还有人提议在当地的传统美食上下功夫。我在一旁插不上嘴，心底那几句话，不知道该不该讲。不说不痛快，说了又怕扫兴，拂了主人的盛情好意。

清晨醒来，旭日初升，波光粼粼，不禁动了去湖边独自散步的念头。清明时节，乍暖又寒，这花开罢那花来，万佛湖的风光目不暇接。不由得有点心痛，这么好的山，这么好的水，一旦全面开发，真不知道会变成什么样子。安徽有着太多的好山好水，万佛湖就是一颗很璀璨的明珠，可惜在当下，被选为城市的后花园，很难说幸运与否。

　　我的观点是开发不如保护，一动不如一静。酒香不怕巷子深，这句话遭受了普遍质疑，事实上美景的风光无限，有时候不是巷子深不深，而是愿意不愿意去发现去欣赏。对于那些迟钝的心灵，你就是拉到了后花园，风景大餐端到面前，也仍然会无动于衷。

芥子园在什么地方

　　浙江朋友来南京玩，狡黠地问芥子园在什么地方，我立刻犯糊涂，一时真答不出来。他早料到结局，笑着说在兰溪，我连声嚷嚷不可能，芥子园在南京，众所周知，差不多文化人都晓得，怎么会跑到浙江去。

　　朋友为家乡辩护，说李渔是浙江老乡，籍贯是兰溪。我听着不乐意，说李渔在江苏长大，一口苏北话，与浙江的关系，也就剩下一个籍贯。这话有点较真和赌气，李渔叶落归根，毕竟死在杭州。胡搅蛮缠地抢夺历史文化名流，不仅有失风度，而且十分俗气。但是就算李渔是浙江人，人是活的，园子是死的，芥子园明明建在南京，怎么可以把它移到浙江兰溪。

　　朋友说，上网一搜索，就知道它在哪了。他拿出笔记本电脑，无线上网查寻，果然跳出许多崭新的图片。我看了不以为然，原来是个货真价实的假货。朋友说知道它假，问题是真的在哪，又有谁能拿出一个真货。芥子园早没了，它曾经辉煌一时，大出风头，然后无影无踪。人去园废，沦为菜地，盖起了房子，旧房没了，又盖起新高楼。今天，专家或许能告诉你大致什么地方，譬如南京城的西南处，譬如秦淮河边，说白了，也就是给人一点历史信息和文化破烂。

李渔搁历史上，是个可有可无的人。不喜欢的，觉得他旁门左道，聪明过于学问，立身不谨，甚至有些下流。喜欢的，认为他非常了不起，多才多艺，戏曲和小说都玩得不错。他的喜剧，与同时代的莫里哀可以一拼。代表作《闲情偶记》，后来的很多文化人极力推崇。他在南京的别墅芥子园，被誉为园林艺术的经典，而在这编辑出版的《芥子园画谱》，成了中国画的教科书。

文化正在变得越来越时髦，李渔的行情也越来越看好。重建芥子园，成了许多有识之士的梦想。浙江人捷足先登，南京方面也在喋喋不休，为选址暗暗较劲。园址应该在什么地方，公说公有理，婆说婆有理，个个理直气壮。我们总是习惯再造历史。为此，我的观点很简单，真迹既然不存在，假的赝品建哪都多余。

不妨把芥子园建在内心深处，人的脑袋只有椰子那么大，却能装下万卷诗书。如果我们的心里有，现实世界是否重建一个芥子园，已根本不重要。如果没有，再造十个八个也白搭。重建芥子园，完全可以成为虚拟的事实，按照这个思路，尽可能地出版李渔原著，多写一些与他有关的文字，充分发表不同观点，编丛书或出刊物，在网络上建立一个专门的网站，让物质的芥子园变成精神的文化家园，少花钱，多办事，何乐不为。

纸上的盘门

对我来说，盘门最初是个纸上的符号，是和爱情联系在一起的地名。虽然填写籍贯，习惯上写苏州这两个字，但是直到有一天，去拜访一位住在盘门的姑娘，我才和苏州这座名城，有了真正意义的第一次亲密接触。记忆中，苏州和盘门差不多是一回事，很长一段时期，鸿雁传情，锦书易托，我把感情全寄托在面值八分钱的邮票上，在信封上一遍遍地写着苏州盘门。那位苏州姑娘，确切地说，那位住在盘门的姑娘，把我弄得神魂颠倒。不知道自己为她写了多少封情书，也许，正是因为这些文字的磨炼，我有幸成为一名作家。

苏州有许多标志性的东西，它的园林，它的评弹，它的美味佳肴，最能够引起我奇思妙想的却是盘门。那时候的盘门，藏在深闺人未识，通过一道闸门，通过一条窄窄的小河道，把古运河里的水，毛细血管一样引向城市的四面八方。我和家住盘门的苏州姑娘，沿着这些小河道，没完没了走着，脚心走出了泡，鞋底磨穿，人生中最美好的一段时光，都留在了小桥流水之上，都留在桃红柳绿之中。有一句流行的俗语，叫"年轻时我们不懂爱情"，实际上，年轻时不仅不懂爱情，而且根本就很少有欣赏风景的闲情雅致。随着青春岁月一同消失的，除了这一条条小河道，还有鹅卵石铺成的小径，它们和交叉纵横的河道一样，通向无数条小巷的深处。以盘门为起点，沿着鹅卵石小径，我们浏览了苏州的每一个角落。我用自行车驮着盘门姑娘，她为我指引着路。

苏州城以它的美丽精致闻名。在苏州人眼里，古运河边上的盘门，有着水陆两门和瓮城，这已经足够壮观了。水门傍南，陆门依北，有城楼有城垣，这又是何等的气派。我有时候喜欢和苏州人抬抬杠，尤其喜欢和那位下嫁到南京的盘门姑娘比阔。和南京的中华门城堡比起来，盘门的狭隘，至多也就只能算是个小弟弟。苏州人是中国最傲气的，必须煞煞他们的威风才行。不过，话又要说回来，以一个城市的古城门而言，盘门这个小弟弟显然是最具有特色的一个。大而无当，盘门从来不以庞大取胜，它的独一无二，它的精致，恰巧是"小是美丽的"的最好注解。

今年春天，与文友夜游苏州古运河，经过盘门的时候，灯火辉煌，同游者一片惊呼。知道行情的人，都在反复念叨它的好，不知道的便想立刻弃舟登岸，一睹盘门芳容。我情不自禁怀起旧来，仿佛重新回到了当年，回到小河边古道旁。纸上的盘门早已不复存在，经过多次维修改造，盘门旧貌变新颜。人面不知何处去，桃花依旧笑春风，既是怀旧，自然免不了一番多余的感伤。

别萼犹含泣露妍

　　小时候，后园有一排石榴，花红叶绿十分好看。我老是发呆和傻想，琢磨书上说的石榴裙颜色，是像这绿叶呢，还是更像那红花。小孩子眼光有些特别，邻家有个女孩常穿一条漂亮的绿裙子，爱屋及乌，井里的癞蛤蟆想吃天鹅肉，我因此觉得石榴裙就应该是绿的。

　　后来读白居易的《琵琶行》，读到"血色罗裙翻酒污"，才知道石榴裙千真万确应该是红。风卷葡萄带，日照石榴裙，石榴裙不仅血色，而且还可以象征女性魅力。石榴裙下死，做鬼也风流，我们常说某贪官拜倒在某佳人的石榴裙下。

　　拜倒在石榴裙下据说与杨贵妃有关，渔阳鼙鼓没有动地来那阵子，有一次君臣联欢，有大臣喝高了，竟然提议贵妃娘娘跳舞助兴。杨贵妃立刻不高兴，在唐玄宗耳边一阵嘀咕，说这些家伙平日一个个假正经，看到老娘爱理不理，我凭什么赏脸。唐玄宗立刻下旨，让大臣以后见了杨贵妃都得下跪行叩拜大礼。

于是众大臣们谢恩，再看到贵妃娘娘的石榴裙，忙不迭地乖乖跪下来。这个典故耐人寻味，说明男人表面上好色，骨子里更害怕权势。

石榴原产西亚，汉朝张骞出使西域时引入中国，转眼间也已有两千多年的历史，因为花朵和果实都很耐人寻味，深受老百姓的喜爱。与梅花玉兰相比，石榴的花期要漫长许多，通常农历五月开花，所以这段时间又称之为"榴月"。石榴花开时略晚一点，所谓开从百花后，占断群芳色，好在花期漫长也有好处，这时候，该看的花都看过，该出的风头都出了，赏花者自会有种十分平和的心态。

自古红颜都薄命，不许美人见白头。石榴作为观赏植物，各种排行榜上都不会出人头地，独占鳌头这样的字眼与它无关，但是在园林里却总会有石榴的一席之地。古典诗词中说到石榴的好词琳琅满目，"榴枝婀娜榴实繁，榴膜轻明榴子鲜"。我更喜欢"怀芳不作翻风艳，别萼犹含泣露妍"，和"谁知盘中餐，粒粒皆辛苦"一样，李绅的名句通常美得实在，有一种人文关怀。

石榴全身都是宝，果皮树根包括花骨朵都能入药，既治中耳炎，还治妇女的暗疾，石榴汁可以防止高血压和心脏病，美国研究人员的一份报告证明，那深红色的汁甚至能够抵制癌细胞。石榴作为水果没什么可吃，但是成熟季节正好中秋节，常被用作送人礼物，过去是象征多子多福儿孙满堂，现在计划生育，只剩一些喜庆吉祥的意思。

石榴最适宜种墙角，有阳光有土壤，就能悄然生长。石榴不怕挤压，最适宜和假山为伍，在园林中常与玲珑的太湖石做伴。

百年终竟是芭蕉

芭蕉与香蕉是兄弟姐妹，江南人眼里却毫无瓜葛，香蕉应该到水果摊上去寻找；芭蕉叶大成荫，是点缀庭院的绿色植物。中国古典诗词中，芭蕉常与孤独忧愁为伍，特别适合离情别绪。如果和后来的言情小说联系，那就是张恨水和琼瑶，有一点自艾自怨，满纸矫情和造作。是谁无事种芭蕉，早也潇潇，晚也潇潇，芭蕉最好是与南方的雨季配合，雨打在蕉叶上面，会给人一种听觉的冲击。

芭蕉没什么富贵气，与石榴一样，非常适合种墙角，当然也不妨移栽窗前，有个小园子就能生长，非豪门方可独有。唐朝书法家怀素居住的寺庙周围尽是芭蕉，那庙便命名为"绿天庵"，取其绿色之胜。芭蕉能让"台榭轩窗尽染碧色"，李渔《闲情偶寄》曾说它让人风雅而免于庸俗，无论男女，只要坐在芭蕉底下，便可自然入画。《红楼梦》中的姑娘常用花卉来形容，譬如探春就自称"蕉下客"。

　　古人写字用刀刻在竹片上，一字一句皆辛苦，因此不得不字斟句酌，仔细打磨用心吟唱。写字方式决定写作态度，那年头的诗歌都得先肚里玩得滚瓜烂熟才行，不像今天张口就来提笔便写，电脑键盘上一阵胡乱敲打。在中国古代，红叶题诗是常见的行为艺术，是作秀给别人看，意淫成分居多，属于自吹自唱，是否真有其事很难考证。

　　芭蕉上写字赋诗也差不多，也是我娱我乐，但是却多了一些纪实，似乎有很强烈的可操作性。红叶通常只是一片小小的枫叶，写不了几个字，顶多来一首绝句，签个把人名，宽大的蕉叶想怎么写就怎么写，甚至可以抄一篇像模像样的古文。无事将心寄柳条，等闲书字满芭蕉，红叶太小，竹简上刻了字不能抹去重来，芭蕉叶却只要下场雨，上面的墨迹就"不烦自洗"，因此又成为可供练字的纸版。

　　后人形容怀素的书法，挥毫掣电随手万变，壮士拔剑神采动人。据说这超人的技艺，就是在芭蕉叶上苦练出来的。怀素少年出家，是个好饮酒的"醉僧"，当和尚穷，没有那么多纸张可供练字，只能自带笔墨，进蕉林狂写不止。好在寺庙周围有近万株芭蕉供他折腾，写完这棵写那棵，临了，终于成了大书法家，成了"草圣"。

　　我对在芭蕉上练字始终持怀疑，古时候没什么炒作，文人为文，画家作画，常常都会很寂寞，因为寂寞，编些小段子娱乐一下也是人之常情。一位玩书法的朋友谈到此事，根本不相信芭蕉叶上练字的传奇，他的观点是真正书家用手指在空气中都能写字，心里有则有，知白守黑神明自来，否则终究是写字匠。

买了垂丝海棠

在乡间居住，一到春天，最喜洋洋的事是赶庙会。兴冲冲去，灰头土脸回来，照例流一身臭汗。买几棵小树苗，买两根当地的土产青皮甘蔗。味道很淡，不好吃，还咬不动，老婆大人一定会买。

今年买了两棵垂丝海棠，一棵桃树。桃树门前已有两棵，种了不过四年，却已经很粗壮，又高又大，完全是老树模样。每每看着桃花灿烂，就有些激动，就想在空地上再补一棵。去年女主人冒雨在后山挖了棵正开花的小桃树，眼见着栽活了，红花继续开，绿叶也冒了，最后未能挺过夏天的酷热。当地农民说，一定要在树未开花前移栽，花开了，春心荡漾了，树便活不了。

常向别人吹嘘自己的田园生活，吹嘘房子周围的花木，除了两棵桃树，还有一棵果实累累的枇杷，两棵柿子树，两棵枣树，两棵橘子树，一棵山楂树，一棵李子树，一棵樱桃树，一棵梨树，五棵紫薇。都是很便宜的价格买的，都是半大不小，除了桃树，都像没发育的小孩。

院子不大，都栽满了，仍然想见缝插针。一直想种海棠，不知道为什么，当地农民并不看好它，也许嫌长得太慢。农家门前常见的是红白玉兰，是枣树，是柿子树，更多的是桃树梨树。海棠很好看，花期也相对长久，偏偏就是没有人种。

每次去庙会，都会留心有没有海棠。正是植树季节，一路上，可以看见买树苗的当地农民，玩杂耍一样使用各种运输工具。有时候，你会看见一棵树迎面而来，一张脸掩藏在绿叶中，那是载着树苗的摩托车，骑车人本事很大，身后还驮着位时髦女郎。卖树苗的农民来自各地，苏南苏北，江西安徽浙江，最远的居然会是四川。我喜欢跟他们聊天，总是忍不住问，为什么不带些海棠过来。

在花木公司曾见过一棵很漂亮的垂丝海棠，开价竟然要几千元。去年上过一当，卖树苗的说是海棠，买回去种了，长出叶子才知道是蜡梅，到冬天居然开了几朵黄花。今天在庙会上终于看到了垂丝海棠，小蕾深藏数点红，已是含苞待放。还了价，五十元买两棵，心里暗暗得意，总算有海棠了，虽然只是小树苗。

海棠有很多种，最中意的就是垂丝海棠。小时候，很少会想到赏花，花开花落，不往心上去。这几年常在乡间住，与大自然亲近，逐渐成了赏花人。过去祖父在北京写信，常会提到一句，

说海棠又开了，可惜你们不能过来赏花。祖父院子里有两棵大海
棠，比花木公司见到的那棵大得多，开花时，偌大一个四合院都
映红了。

说不完的玄武湖

　　根据专家考证，南京玄武湖公园有一百年历史。只要是个整数，往往会让人感到兴奋，就要庆贺，就可以开讨论会。按照中国传统，"百年"并不是好词，通常都有暗指，然而为热闹，也顾不上了。

　　有专家小心翼翼提出观点，说玄武湖公园很可能是中国历史上的第一，理由是还在大清朝的时候就有了，那年头除了皇家园林，便是私家园林，普天之下莫非王土，有一个属于老百姓的公园肯定很了不得。1909年，南洋劝业会在南京召开，为方便游客观赏玄武湖，当时的两江总督在城墙上开了个叫"丰润"的门洞，这就是后来的玄武门，而玄武湖公园也因此诞生。

　　公园的意义就在于"公"，在于为公共所有，在封建社会，公是共和的先声。有幸参加了庆贺的讨论会，回家上网检索，发现齐齐哈尔的龙沙公园更早，有1904年和1907年两种说法，有专家指出它才是清政府营造的最早公园，心里不免为玄武湖公园失落，有种与吉尼斯纪录失之交臂的遗憾。

是不是第一并不重要，南京人值得骄傲的，应该是民国时期的一些记录。在1929年的《首都计划》中，南京城内的公园面积，与欧美各大城市相比，占有十分明显的优势，有了玄武湖公园，有了中山陵风景区，南京"分配每英亩公园之人数"，仅多于华盛顿，与纽约、柏林、伦敦、巴黎相比，数量要少许多，换句话说，南京的人均公园占有率在当时相当高。

既然是参加讨论会，难以逃避发言，我硬着头皮说了两个意思。第一，希望玄武湖永远不要变为一个大工地。十多年前，我在湖边遇到一位正在考察的老同学，他踌躇满志，正受一家外国财团委托，打算把玄武湖按照世界地图建成一个五洲公园，盖上各种风格的建筑，像深圳的世界之窗那样。我当时就想，这事真要成了，玄武湖就遭大殃了，谢天谢地总算没成。

第二，让玄武湖成为南京人的后花园，真正为老百姓所拥有，让市民充分享受。一个位于市中心的大公园，如果只是为吸引外地游客，只是惦记着别人口袋里的银子，在这里根本见不到本地人，怎么说都有点悲哀。就好比有个很好的大房子，自己舍不得住，成天空关在那等待出租。

取消收费或许是不错的办法，国内外经验已证明这一招确实有效。寂寂空庭春欲晚，梨花满地不开门，没有人气的公园怎说都是不好。二十世纪三十年代，民国最热闹之际，夏天来了，玄武门城门大开，不收门票，变为避暑消夏的最好去处，整个公园成了欢声笑语的不夜城。此情此景，常让老南京人缅怀。

·
·
·

第三章

少时乐新知，中年思故友

·
·
·

闲话刘震云

　　我也许永远不会明白刘震云什么时候说的是真话，也永远不明白他什么时候说假话。他总是用说真话的表情说假话，用说假话的神态说真话。他是我们这茬作家中最机智的一个人，谁要和他斗，便是找不自在。

　　我和刘震云第一次认识，在一次发奖大会上。只能算认识，大家匆匆照了个面，好像话都没说。分明他的架子大，可是以后互相见了，他却先发制人贼喊捉贼，反咬一口说我的架子大。这是他惯用的伎俩。见了谁，挺客气地先喊一声老师，态度绝对诚恳。你若是不好意思接受，他会很谦虚地说：谁都可以是我的老师。你若是反过来喊他老师，他立刻严肃地问你是不是真觉得他是你的老师，如果你说是的，那么从此以后，你就真成了刘震云的学生。苏童便是经过这么一段对话，正式成为他的弟子，我们在一起说笑的时候，刘震云常常不动声色地说："对你的世侄，不用讲那么多客套。"我的世侄，自然是指苏童，由于刘震云的伎俩，我很轻易地大了苏童一辈儿。

有一次开会，我和苏童住一个房间，刘震云突然闯了进来，勒令我们在一张纸上写下自己的名字。写完了，他义正词严地宣布，这张纸将送去制版，我和苏童必须在指定的时间内，一人给他所在的报纸写一篇稿子。

隔了一段时间以后，他又慢慢悠悠地打电话给我，说我们的名字都已制好版了，就等着我们的稿子，又说人宁可失贞，不能食言，你和苏童太不像话，竟然胆敢食言。我们于是赶快为他写稿，而稿酬因为有他在里边张罗，却是那一年里，我和苏童拿的千字最高的一笔，用刘震云的话就是，为哥们捞两个钱，有什么臭架子好搭的。

从刘震云打扑克的牌品上，也很能看出他性格的一方面。譬如我打牌，就是典型大爷脾气，能赢不能输，真正属于那种输不起的一类。哪怕别人故意让我几招也乐意，反正一输牌我就不想再打，连着几副臭牌，立刻溃不成军全无斗志。我的输赢全写在脸上，刘震云便太难捉摸了，他不仅胜不骄败不馁，而且根本不管别人的死活。反正和他一伙的人，都必须做好孤军作战的准备，因为他随时准备开溜，自己先当了上游再说。

我们打扑克的时候，他和王朔还有池莉老是组成京鄂联军，向江苏作家挑战，然而输的常常就是他们。我觉得其中最重要的一个原因，就是刘震云动不动就抛弃了王朔和池莉。当上游最多的是刘震云，只要能摸到一手好牌，他就很诚恳地对王朔说一声：

"对不起了王爷，寡人先走了。"

他这一溜走，剩下保护池莉的担子，自然而然地由充满骑士精神的王朔去扛，因此王朔的下游无疑最多。做了上游的刘震云很冷静地抱着膀子，在一旁看别人垂死挣扎。

刘震云是河南人，在我的印象中，河南人身上既有帝王之气，也有土匪之气。这两股气息糅合在一起，能造出一种绝妙的人杰。刘震云身上经常体现出一种玲珑剔透的聪明来。之前在上海，一大群感觉良好的作家，纷纷被按倒在皮沙发上，接受上海电视台"今晚八时"的专题采访。

在摄影机的扫射下，大家都尴尬和紧张，振振有词同时又有些语无伦次，侈谈大作家和大作品。轮到刘震云发言，突然冒出一句语惊四座："现在就要说诸位是大作家，恐怕太早。"他的话仿佛冬天里的一大盆冷水，立刻让许多人感到突兀和不自在，尤其是某些在场的曾经一度十分红火的老作家，因为电视台主持人正是这么向观众介绍诸位作家的。

刘震云故意让自己的话出现长时间的中断，然后轻描淡写地补了一句：

"当然，现在就说大家一定不是大作家，这话也太早。"

　　这是典型的刘震云式的机智，可惜电视正式播出的时候，这一段被无情地掐掉了。专题片拍了一个多小时，最让人感到开心的，就是刘震云这两句暗藏杀机和禅机的开场白。

闲话王安忆

王安忆在文坛上无疑算是一员老将了，不是因为年龄大，实在是文坛上出风头的日子太长。中国的青年作家中，她可能是最经得起折腾，也是最经得起挑剔的一位。当人们谈起文学的现状时，她显然不是一个能够忽视的话题。十几年前，南京的一批青年物以类聚，凑在一起搞了个同仁性质的文学刊物。因为年轻，难免气盛。加上几位写小说的，如李潮和徐乃建，当时在国内已有反响，害得我们这帮年轻人一个个都轻狂得不行，好像天下的文章就我们能写。记得那时聚在一起，常常把一些小说写得正红火的作家们，贬得一钱不值。

有一次，李潮发现了新大陆似的对我说："兆言，不得了，现在新冒出来一个女作家，比徐乃建写得更好。"

这在那个年头，是一个了不得的评价，李潮的口吻中饱含了真诚。李潮不仅告诉我，这人的小说写得好，而且说明她是谁谁谁的女儿。王安忆的母亲和我以及李潮的父亲，是同一辈作家。

在不知道王安忆的时候，我就听父辈们一边喝酒，一边以论英雄的口气谈过王安忆的母亲。我想王安忆肯定有和我一样的共同点，这就是写作之初，我们总是摆脱不了是谁谁谁的小孩的注脚。我们是在上辈的树荫下开始出道的，也许今天许多人已经不知道茹志鹃这个名字，已经不知道当年让茅盾老先生盛赞的《百合花》，但是文学史上这些事全记录在案。

我发表小说虽然有十几年，但事实上一向不太注意别人的小说怎么写。偶尔读到一两篇得全国奖的作品，只是感到好笑。最初对于王安忆也一样，除了知道她是个十分红火的女作家，对她的作品所知甚少。刚开始是上大学，不是外国小说不会去读，以后又读研究生，又因为论文的缘故，不得不玩命地读中国现代文学作品。老实说，我所以后来会特别注意她的小说，不仅仅是由于她小说写得好，而是她对我的成名起的重要作用。

作家成名可以有许多途径，有人一炮而红，还没知道文学是怎么回事，已经仿佛被全世界都知道，有的人却注定要经过一番磨难，甚至直到死后才被世人认识。我在刚开始写作的时候，曾经饱尝退稿滋味，吃尽无名作家的苦头。那时候，人虽然有几分狂傲，努力要写一些和别人不同的东西，然而稿子只要寄出去，很快就会被原稿退回。一段时间里，我非常羞于投稿，退稿弄得我信心全无，又害得我发誓要写出一鸣惊人的玩意儿来。我一边坚持不懈地写着稿子，一边做着完全不现实的成名梦。退稿只要迟回来几天，我便开始痴心地注意投稿刊物的预告，梦想着或许会在目录上突然出现我的名字。

连续五年没有发表一篇小说之后，我写了《悬挂的绿苹果》，为什么写这样一篇小说，现在已很难说清楚。也许是为了赌气，越是发表不了，我越是要写作。也许囊中羞涩，不得不考虑养家糊口，当时我和妻子的薪水加在一起还不足一百元，可爱的女儿才一岁，万一能侥幸发表就能变成钱，这是所有写小说的人无法回避的俗念头。偏偏这篇小说阴差阳错，竟然发表了出来，换了四百多块钱，我立刻毫不犹豫地搬了一台洗衣机回家。

王安忆是第一个为这篇小说叫好的女作家。有一天我去《钟山》编辑部，人们纷纷告诉我，说大名鼎鼎的王安忆写了一封信来，其中有一段专门表扬了《悬挂的绿苹果》。这封信起了一个非常重要的作用，因为那时候的一个大红大紫的人，她的话对许多编辑有很强的穿透力。人们也许未必真心喜欢这篇小说，但是王安忆说这篇小说好，别人就会真以为这篇小说不错。

我研究生毕业以后，进文艺出版社当编辑，第一次去上海组稿，便去拜访了王安忆。我没有当面向她表示谢意，想说也说不出口。反正就是胡乱聊天，既谈小说，也不谈小说，然后在她家里吃了便饭。她住的房子不大，充分体现了一个现代上海人的居住困境。那次给我留下的最深印象，就是她有着良好的食欲。有一个好胃口是做人的福气。

一个月前，在南京举办的城市文学讨论会，最后有一顿自助餐，我因为逃会而没有去，在南京作家中最能吃的费振钟，事后用吃惊的口吻告诉我，那天王安忆吃的竟然比他多得多。那是真的吃惊，费振钟用手比画着盘子尺寸，连连摇头。王安忆也许是女作家中最健康的一位，在中国女性当中，她几乎可以算是人高马大。她不是那种小家碧玉的南方女子，她的健康气息总是不停地散发出来，无论是为文还是为人，她的做派都很大气。

王安忆私下里说过的一段话，对我很有启发。她认为优秀的作家，不是布道的牧师，也不是技艺高超的调酒师。作家是什么，也许永远也说不清。作家是疯子或被放逐者，是不同于牧师和调酒师之外的第三种人。作家将以自己独特的方式布道，他技艺高超，与世隔绝，在别人的理解或误解中得到永恒。

闲话格非

格非曾经写信告诉我，说小时候得过一种怪病，那就是什么水碰到身上都烫，即使是凉水也如此。优秀的医生也许能说出所以然，不过大多数医生对于这种怪病，恐怕只是和我们普通人一样，听了目瞪口呆。不是什么病医生都能看好的，有的病自然而然地就好了，说是说不清楚的。

格非写信跟我谈这些，是因为我也和过去的他一样，正被一种很怪的毛病缠身，看了好多名医生都不见效。举例来说，我和朋友一起去洗桑拿浴，朋友热得吃不消，一次次出去冲凉，可我自始至终舍不得出汗，结果所有的热量似乎都到了头发上，摸上去烫手，和我一起去的朋友赞叹不已，连声说我是异人。当然这种异，其实是怪吓人的，格非写信给我，目的就是以身说法，用他自己的事例安慰我。

在文坛这个不大不小的圈子里，余华、格非、苏童，还有我，常常被放在一起议论。台湾出我们的书，宣传广告上也是这么写的。其实这几个人都比我小，也比我更有才华，尤其是格非，比我小了足足八岁，他成名的时候只有二十二岁。那一年他发表了中篇小说《迷舟》，这是一部至今仍为人们津津乐道的好作品。

我最后认识的也是格非，那是去山东领奖，心仪很久，一见面就好像成了老朋友。记得是在一家很不错的宾馆大厅里，格非孤零零坐在那儿，寂寞无比。见了我们，就像是见了久别的亲人。江苏作家人多势众，出门领奖，很少孤家寡人，动辄一帮一伙，这次我之外，还有周梅森和范小青。格非见了我们，连声说总算见到你们了，又说自己人虽在上海，却是江苏镇江人，老乡见老乡，两眼泪汪汪。可怜格非坐着硬座，千里迢迢赶来的，到济南已是半夜，不忍心让东道主来接他，将就着在车站前的草地上躺了半夜。夜里凉，格非竟然没有感冒。问他为什么不买卧铺票，回答说是买不到。

在海南，《花城》的主编曾对我说过，你们这几个先锋派，没想到会这么老实。他的话当然有所指，作为主编，他肯定不止一次接待过不那么老实的作家。这年头，作家的活儿不一定写得怎么样，大摆作家臭架子的，却大有人在。毫无疑问，格非的小说属于第一流，但是他从来没有架子，不仅没架子，而且没能耐，连张卧铺票都搞不到。

在一次发言中，格非很诚恳地谈到自己一年的总稿酬是多少，他觉得这个数目对于一个作家来说，已经足够，因此作家不应该为了钱，而放弃写作的原则。会上和会后，大家都在议论，觉得格非太书呆子气，他所说的那点稿酬根本就不算多。人们的普遍心态，都是觉得房子永远少一间，工资永远差一级，说钱已经足够了，不是书呆子还能是什么。

格非有一块很昂贵的欧米茄手表，是老丈人出国带回来的礼物。我们曾在一家手表店做过比较，那种远不及他那块表的，也要卖好几千块钱。蓝星笔会期间，在三亚一家挺像样的宾馆里，我和王干住一个房间，格非和余华住一个房间。有一天晚上，王干和余华为谁的围棋段位高，大打出手难解难分，于是格非只能逃到我房间来。晚上临睡觉时，我这人马大哈，忘了将锁已经有些坏的门锁上，结果天快亮时，三名小偷溜了进来。我被窸窸窣窣的声音惊醒，睡意蒙眬中，还以为是格非起来上厕所，后来又以为是他在找安眠药。安眠药放在我的裤子口袋里，我转过身，刚想和他说话，却看见枕头边站着两个陌生人，没明白过来是怎么一回事，站门口的另一位已向我扑了过来，手对着我潇洒地一挥，一大团气雾劈头盖脸，我只感到眼睛疼喉咙痛，差一点窒息，看不见也说不出话。格非被我挣扎的声音惊醒，尚未坐起来，便享受了和我同样的待遇，立刻被掀翻在床上。

好不容易才喘过气来，我当时就明白是遭劫了，格非以为是有人在和他开玩笑，气愤地说："太野蛮了，怎么能这样？"

这次遇险，我和格非一人损失了一块手表。我的是块旧电子表，扔了可惜，偷了不心疼，格非可就惨了。事后，警察赶了来，是位穿便衣的局长，溜之大吉的小偷当然抓不到，我们却不得不老老实实像写小说那样，坐下来写下事实经过。很多人都跑来问我们，一边问，一边笑，不相信我和格非的遭遇会是真的，因为这件事太戏剧性了。在报上也见到过，真出在自己身上，甚至我们都有些怀疑它的真实性。那喷向我们的气雾，可能是进口货，供女子防身用的，也可能是"敌杀死"，反正那滋味不好受。

格非后来很紧张，说如果真知道是小偷，很可能出于本能，跳起来搏斗。余华曾对我说过，格非是个非常勇敢的人，他常常在街上为了打抱不平，会和别人动手打架。勇敢是一种本能，就像我的本能是懦弱一样，格非不会像我那样叫人抢了就抢了，他一定会奋起反击，我们显然不是那三个小偷的对手。

闲话朱苏进

朱苏进有一篇小说叫《孤独的炮手》，我很喜欢这个名字，无端地觉得用它来形容朱苏进很合适。有个朋友谈到朱苏进，说他的脑子如何发达，完全可以去总参谋部充当高级军事人才。如果有战争的话，作为小说家的朱苏进，也许会毫不含糊地成为军事家。将军是朱苏进的最好选择，其次才是当小说家。朱苏进的孤独就是这种由于智力原因产生的，孤独是一种被迫的姿态。他这样的人，最适合把他放在傲视群雄的位置上面，一旦在他的面前出现了真正对手的话，他将变得更强大，否则就只有孤独了。

作家朋友中，朱苏进是我见到的最自信的一位。他固执己见，却又从来不显得迂腐。即使有时候难免失了一些分寸，在他身上也可能化腐朽为神奇。记得四年前，有一次我和周梅森一起拉着他买电脑，走进一家电脑店，刚进去，他的眼睛就亮了，谈了一会儿，既不讨价，也不还价，干净利索地就领头付了钱。当时店里仅两台电脑，我和朱苏进像抢什么似的，一人搬了一台回家。

搬回家以后，我迫不及待地练习打字，第二天就尝试着用拼音和五笔字型交替写文章。等我写完了第一篇文章，朱苏进打电话给我，让我到他家去传授打字经验，以他对我的判断，他不相信我已经掌握了打字的技术。到了他家以后，他像老师刁难学生一样，不停地问我这个那个，把我活生生问傻了以后，才郑重其事地告诉我，键盘上所有的键有什么作用，他都研究过了。

我当时很狼狈，电脑对于我，至今仍是一台简单的打字机，稍稍复杂一些的花样，便不明白。这件事充分地体现了朱苏进的高智商，也充分说明了他这人为了追求极致，弄不好就要走极端。在没有说明书和基本的电脑知识的前提下，他竟然真研究出了键盘上许多键的作用，而这些键对于写作的人，可能永远也不会用到。

结局非常可笑，研究了一阵，他终于对台式的电脑开始反感，隔了没几天，他又很严肃地打了个电话给我，让我陪着他去店里退掉电脑，理由是从审美的角度看，台式电脑放在桌子上太大了，看着就别扭。面对着看上去别扭的东西，是不可能进行写作这样美好活动的。写作是一件伟大的事情，不能马马虎虎，就和付钱时一样果断，他竟然坚决要求退货，即使折本赔些钱也在所不辞。结果，店主也为他的真诚所感动，那台台式电脑果然让他退了，现在他使用的电脑便是便携式的。

朱苏进的为人，有一种明确无误的赤裸裸，想什么就说什么，想什么就干什么。他的父亲是一名军医，作为军医，给儿子的教育就是不应该说假话，应该最大限度地接近科学。为医之道是掺不了假的，朱苏进谈到他性格形成的原因时说过，他所以成为今天这样一个人，首先是受了父亲的影响，其次便和他当兵的经历有关。他当的是炮兵，在测量距离上面，他必须非常准确地喊出一个数目来，否则，炮弹就会飞到它所不应该光顾的地方去了。值得提一笔的，是朱苏进对大炮显然有一种别样的感情，他的长篇《炮群》就是写的炮兵。他几乎是一名天生的军人，而且是炮兵。大炮常常能让人联想起男人的亢奋，无论是朱苏进本人，还是他的小说，都很容易让人产生这样的联想。

聆听朱苏进在公开场合的发言，是一件极有趣的事。他算不上那种有演讲才能的人，不会夸夸其谈掉书袋，也不会说一些轻薄之辞媚俗，但是他往往能用一种纯书面的语言，说出一些让人瞠目结舌的话。他的话有时仿佛就是大炮里轰出来的，听众常常被他狠狠地吓一跳。我觉得朱苏进在讲话时，有意无意地便是在等待这种效果。他慢腾腾说着，听的人不是频频点头，就得哭笑不得地摇头。朱苏进喜欢用一些辉煌的字眼，这些辉煌的字眼增加了语言的力度，力度和机智是朱苏进的看家本领。

和朱苏进打牌，有一件事，总是让我耿耿于怀。以我和他的计算方面功力的差异，我根本不可能成为他的对手，他当然也不屑于与我为伍。我们有机会一起打牌，通常是出去开笔会，为了解闷消磨时间。朱苏进真正喜欢的娱乐是围棋，玩扑克牌档次太低，他屈驾光临，不过是赏脸陪我等玩玩，可就是这种陪着玩，他也不肯马虎，照样揍得你鼻青脸肿。玩牌时，他端坐在你的上方，一言不发，我是急性子，常常不加掩饰地就把牌扔出去。扔出去后，他并不让你立刻把牌收回去，而是过了好一会儿，等你都忘了这张牌是自己走的，他才慢腾腾地问：

"该你走牌吗？"

于是我脸红着将牌收回去，收回去了之后，他面无表情地再想一会儿，又说："现在你可以走了。"忍不住把牌扔出去的慌乱对我来说，是屡屡要犯的一个幼稚错误，尤其是在关键时刻。这种错误犯多了，便更觉得自己智力上有些问题。朱苏进的狡猾就在于通过这种打击，让你陷入混乱，然后进一步趁乱占便宜，偏偏我的弱点是一乱全乱，一手好牌突然就不知道应该怎么打下去。

和朱苏进打交道，最好保持应有的警惕，千万别和他斗智玩小聪明。如果你是个对手，你将激发起他的激情，他因此便不会放过你。如果你不是对手，那将是自找蹂躏，朱苏进绝不会因为你愚蠢，就会手软饶了你。

闲话范小青

　　写作行为从本质上看，更像是女人的行为。在台湾，作家中占多数的便是女士。好端端一个大男人，成天躲在家里瞎编故事，想想也有点不好意思。

　　女人天生就是作家，一个女人如果真想当什么作家，写作对她来说，就不是什么难事。这几年，江苏作家的势头似乎不错，上海的李晓一次和我开玩笑，说现在的文章，有一半是你们江苏作家写的。这话当然有些夸张，但是如果继续夸张说下去的话，那么江苏的文章，又有一半是范小青写的。女人是半边天，范小青一个人就把那半边天给顶住了。

　　我敢说范小青的写作速度，让所有的江苏作家感到眼红。不管别人喜欢不喜欢这个比喻，我觉得作家就应该像自来水龙头，一拧开，就可以淌出水来。我自己就是这样，只要让我坐下来写，总能写出来。而且我始终顽固地相信，能写出来，比写得好更重要。可惜我这个龙头是小号的，拧开了，水是有的，但是淌不多。范小青不一样，她是大号的水龙头，哗哗地淌得让人感到又恨又怕。我写一个中篇，好歹都是一个月，范小青四天便解决问题。

范小青是江苏作家中的急先锋和主力后卫，数不清的编辑来江苏组稿，我们总是让范小青打头阵，或者就是干脆往她身上推。反正除了写东西，她别的事也干不了。有的编辑对我们说："范小青已给了一篇小说了，你们也给一篇吧。"我们照例不认账，因为在速度上，我们总归是写不过范小青的。我们如果给了某刊物一篇小说，范小青不给，这是她的不对，反过来，她给了人家，就算是说好的，我们照样可以理直气壮地不认账。

作家也许真是分"天才"和"勤奋"两类人。我觉得在江苏作家中，我和范小青都属于勤奋一类的。和别人比吃苦，我们两个人大约都不会输。有一年在苏州火车站，范小青赶来送火车票，她的脸色绝对铁青，这种铁青就是写小说写的。作家的吃苦实在说不出，你看她不吃力地一篇接着一篇炮制小说，好像一点也不费力气，其实不知消耗了多少心血。真要有什么仪器能测量人消耗的心血的话，测量一下，保证吓人一大跳。

我是同行，所以我更知道范小青吃的苦。作家不能仅仅是用嘴写东西，也不能仅仅是空想，当一个地道的作家，就得货真价实地干活。现在叫作作家，其实根本不干活的作家太多。自己不干，别人干出来了，内心里不怀好意地嫉妒的也太多。我和范小青都是因为写得多，被誉为多产作家。多产作家有时候是个好词，很多时候却未必。不管怎么说，我都相信写得多是件好事，范小青的观点大约也会跟我一样。别人怎么想，又有什么关系呢。

范小青另一桩让人眼红的事情，是她太能喝酒。我经常有机会和她坐在一张桌子上，她虽然是苏州人，却属于那种能够大碗喝酒大块吃肉的女侠。俗话说，喝酒时，女将上场，必有妖法，因此男人通常不敢和女人斗酒。范小青就不止一次让人上过当。记得那一年在庐山，东道主号称海量，刚开始咄咄逼人，丝毫没有把范小青放在眼里。同桌的还有黄铁男，他是在西藏待过的汉子，喝酒当然也不含糊。喝了许多轮，黄铁男知道遇到高手，率先服软，找了借口，溜到别的桌子上去了。于是东道主便和范小青单打，酒究竟喝了多少，我已经记不清，一人喝了一斤大概没问题。

离开酒桌，范小青走路时已经东飘西晃，大家都说她喝醉了，她呵呵傻笑，也不否认，回到住处，倒头就睡，睡了一个小时，便爬起来找人打牌。我们在庐山那几天，因为下雨，天天打牌，一打就打到深夜，我听到打牌就头疼，范小青那天仗着喝了酒，就是不许我逃席。那天我妻子也在，出来为我说话也不行，有理无理，一定要打牌。都以为她喝醉了，结果赢的还是她，打到十一点钟的时候，东道主的酒性开始上来了，一个劲儿地吐，还接二连三地往床下跌，吓得同室的人连连出来告急。这边打牌的人，不得不及时派人去抬掉在地上的东道主。范小青好像也去慰问过一次。

范小青喝得东倒西歪，我亲眼所见，有多少次已记不清。然而真醉得大吐或者往地上跌，却从未遇到过。有一次在张家港，她和程玮住在一屋，喝了酒以后，我们正在谈话，程玮尖叫着跑到我们房间来，说范小青喝醉了，正在发酒疯。这边房间里的人连忙赶去，范小青做出睡着的样子，谁也不理，后来她自己也笑了，因为她当时很想好好地吓一吓一惊一乍的程玮，果然事遂人愿，程玮吓得不轻。当我们离去的时候，程玮还在叽里咕嘟，一口咬定范小青是真喝醉了。

酒喝多了，到底还是伤身体的。艺高人胆大，范小青自恃武艺高强，逢到喝酒，就会产生大打出手的恶念。作为朋友，我不止一次劝过她少喝一些，在这篇文章的结尾处，我还是非常真诚地表达这种愿望。

闲话苏童

苏童戴着眼镜打麻将，最能反映出他的特征。一戴上眼镜，给人的感觉是老气横秋，一本正经。这是一个小孩子在冒充大人，尤其到了摸关键的牌时，他更像一位误下赌海的失足少年。麻将桌上的苏童谈不上儒雅，一输了也喜欢骂别人，当然更喜欢骂自己，然而无论怎么骂，他还是一个憨厚的男孩子的模样。

好几年前，《上海文学》的吴泽蕴来南京组稿，因为住在锁金村，离我们的距离遥远了一些，带信让我们去见她。我和苏童骑车去了，回来时，绕道中央门的南京商场。那时候的南京商场刚刚开业，号称本市面积第一大商场，东西多，人也多。正是通过那次逛商场，我发现苏童有很强的购物欲。那时候的苏童还谈不上大红大紫，只是一个手头不宽绰的文学编辑。他流连于电冰箱柜台，细心研究着不同的牌子，比较价格和式样。他的认真和专注给我留下了一个很深的印象。这以后，我时常在苏童的小说中，读到这种男孩子对物质世界的由衷迷恋。一双回力牌球鞋，一台老式的木壳收音机，一个装着香粉的小盒子，那种发自于内心深处的向往。

苏童最好的小说是描写少年。他文集的第二本就干脆命名为《少年血》，这是个带几分矫情，同时又带着几分童真的小说集。书的封面上，苏童写道："我知道少年血是黏稠而富有文学意味的，我知道少年血在混乱无序的年月里如何流淌，凡是流淌的事物必有它的轨迹。"少年情结是苏童小说最重要的内容，稚朴、向往、迷恋，少年的血在血管里不安分地流淌着，所有这些都不同凡响地构筑了苏童小说中的人文景观。也正是出于这种对苏童的偏爱，我还是认为苏童的《城北地带》是本好书，而且前半部分或许比后半部分更好看。

男孩子的可爱，恰恰同女性的少女时代更具有诗意一样。这是一个会被文学所忽视的话题。当我们谈到红颜已老的时候，我们通常想到的是女性，是那些曾经如花似玉的女孩子们。苏童的小说让我们想到了男孩子的意义。女权主义者一定意识到了，人们过多地谈论女性，恰恰是因为谈论者采取了男人的视角，红颜已老、明日黄花只是男人的感受，是男人的感叹，或者说是为了男人的感叹。苏童的小说无意中为女权主义的思想提供了一个可以探讨的文本，或许也是苏童的小说为什么会受到女性欢迎的原因。

　　苏童本人和他的小说一样，他看上去就是个大男孩子。不止一位女作家说过苏童是个很不错的男孩子。那一年开青创会，我和苏童住一个房间，有一天晚上，有个女人打电话进来，约苏童到楼下咖啡厅去坐一会儿。这是一个神秘的匿名的电话，我就听见苏童反复地问：

　　"你到底是谁？"

　　电话里的女人显然在捉弄苏童，她告诉苏童自己是谁并不重要，关键是他敢不敢下去。苏童结结巴巴地说：

　　"我不是怕，但我不知道这么晚了，你要找我干什么。"

　　电话里的笑声让我相信那女人绝不是一个人在打电话，很可能有一大帮女人。生活中，我们已经习惯男人和女人开一些这样无伤大雅的玩笑，而思想解放的女性先驱也开始拿男人当作了娱乐对象。我想苏童那天晚上，心脏一定像初恋的小男孩子一样跳个不歇，挂了电话以后，他虽然若无其事地笑了，而且还骂了一句粗话，但是脸却像块红布似的不可遮挡。

　　我和苏童有许多一起出门的机会，安排我们住一个房间是经常的事。中国特色的笔会，说穿了就是一些不花钱的公费旅行。我最不习惯的是要记住随手带房门钥匙。宾馆里的钥匙总是附带着一块很大的塑料牌子，弄不好就不知道扔哪儿去了。按惯例钥匙都是苏童带的，他自我感觉比我更有头脑，而我也趁机落得省事，出门时大声叫着："苏童，钥匙！"他立刻跟班一样应着："知道了，没问题。"

苏童是个爱整洁的人，即使住在宾馆里，也喜欢收拾得干干净净。有一次他似乎有些忍不住了，当我声明自己最怕整理房间时，他不好意思地说："我发现你是蛮喜欢摊的。"摊这个字在吴语中意味太乱，邋遢，到处乱放东西。苏童是苏州人，这是他难得露出的几句苏州腔，当然是经过普通话修饰过的方言。

苏童的可爱之处是他保留的一些男孩子气。我们出门在外，最怕自己动手洗衣服。因为时间都不长，我不到万不得已，不换衣服。每次出门，只带一两套备用的，到笔会开到一半的时候才换上。天冷没问题，天热便有些尴尬。苏童这一点上和我一致，不过他习惯于两套衣服交替着穿。晚上要去参加舞会了，换衣服前闻一闻，哪套气味小一些，就毫不犹豫地穿哪一套。苏童的绅士风度好像也更带着一种孩子气，他现如今已经很阔了，常常会说一些让锦囊羞涩的人生气的话，譬如花很多钱买了一双鞋子，然后非常矫情地说："这不贵，一点都不贵呀！"别人说这种话不可原谅，苏童说了只觉得他可爱。

之前在上海，我们从宾馆去《收获》杂志社。一辆来接的小面包车坐不下，我便带着自己和苏童的行李坐出租车去。下车时，我忙着跟熟人打招呼，结果出租车把我们的行李都带走了。这样的洋相，经常出现在我的身上，等我想到，出租车早没了影子。这时候，苏童坐的面包车姗姗来迟，大家都很着急地问他行李里有没有贵重的东西，他好像早就会料到我要出差错一样，笑着说：

"我怎么可能那么幼稚，叶兆言这人，哪能让人放心。"

果然他有一笔刚到手的稿费，数量还不小，不过是随身带着，因此安然无恙。附带说一句，那行李后来也找到了，《收获》杂志社不得不专门派人去取。

苏童和我

苏童和我老是被捆绑在一起，《文学报》的编辑找我组稿，理由也是他们认为我写一篇苏童的印象记最合适。

苏童和我的名字被放在一起，起源于几年前省里为我们开了一次作品讨论会。在会上，到会代表纷纷捧场说好话，然后便是大谈我和苏童的不同处。这次讨论会以后，苏童和我的名字老是紧挨着，找我组稿的，无论是写信还是面谈还是在电话里交代，临了总有这么一句话："喂，跟苏童老弟也说一声，让他也给稿子。"我曾给苏童带过无数口信，也糊里糊涂地忘了许多必须打的招呼。我收到的信上，结尾像"向嫂夫人问候"的客气话很少，然而向苏童问好的附言却太多。多了也就没用，事实上，我很少代别人向他问好，我想苏童一定也有类似的感觉。

苏童和我之间有一种荣辱与共的默契。我们的运气仿佛老是连在一起，我觉得自己常跟着他沾光。这年头作家所能得到的好事美差，有他的份，很快就会有我的一份。我们的运气也是要好一起好，要坏一起坏。

不止一个人为苏童和我的这种特殊关系打抱不平。很多人谈论苏童和我，都喜欢像发现新大陆地宣布："苏童和你其实不一样。"恰恰就是这句话又把我们连在一起扯半天。苏童和我的确不一样，苏童是英俊少年，我却其貌不扬。朋友们聚在一起，或是羡慕或是妒忌，当面谈论苏童的漂亮，往往变成轻松愉快的话题。按辈分说，我是五十年代出生的作家，苏童是六十年代出生的作家，我们放在一起，明摆着我有些吃亏。我这人是土包子，苏童整个是新潮青年。

苏童和我的作品更不一样。这当然是废话，没什么人说我们的作品一样，起码没有人当着我们的面说过类似的话。我不止一次被提问，无论是在大学的课堂，还是在举办的文学讲座上，经常有人很严肃地站起来，要不然就是递纸条，让我从正面回答我对苏童小说的印象。这是一个非常棘手的问题，虽然我看过苏童的大多数小说，但是三言两语就说出自己的判断，对苏童也太不负责。

我真心地喜欢苏童的小说。苏童的小说有一种当代作家很难有的气质。他的小说是透明的。记得苏童将他的第一本小说集送给我以后，连续几天晚上，我都很激动。苏童的小说喜欢在幽静淡漠中透出无限的感伤，那些简单而又富有韵味的画面，几乎无一例外都是美的挽歌。他小说中的那些女孩子都是水做的骨肉。他的故事是一种凝聚，十分巧妙地被镶嵌在一个透明的玻璃球中间，玻璃球轻轻地转动，我们阻隔在外，不能过分接近他的故事，却又不得不被他的故事所吸引。他的小说在转动的玻璃球中夸张变形，五彩缤纷幻觉无穷，因为简单，所以丰富。苏童是个漂亮的小伙子，他的小说又比他更漂亮。

张生的小说

最近和一个弄书法的朋友聊天，问起当代书法，朋友有一句很歹毒的话，说是五十岁以上的没有好东西。我着实吃了一惊，按传统的观念，生姜老的辣，文物越古越值钱，玩书法犹如老中医坐台，脸上没有时间皱纹，头上没有岁月白发，总让人心里不是很踏实。

我这位朋友也算是位书法界的人物，他得出这番结论的理由，是烦那些一把年纪的书法家，动不动就说年轻一代传统功力不够，临碑摹帖的火候不到。他认定这是蒙外行的鬼话，因为只要看看如今新华书店的碑帖之多，想想过去找一个好字帖之难，就没有理由认定今天的年轻人会没有传统。过去写字的有很多都靠一两本碑帖起家，他们根本就没什么选择的机会，所谓传统，也就是这一两本碑帖的功力。

这显然是一个偏执的观点。我又想起一个老作家谈当代青年作家的小说，除了强调没有生活之外，大意也是年轻一代作家不读书，不认真读书，传统的底蕴不足，出了一两本小册子，就自以为是，从此不知天高地厚。他坚决反对以进化论的观点来谈论文学，既然他们这一代并不比更老的一代出色，简单地得出结论，非要说年轻一代就会更好，无疑是欺人之谈。事实上，有一把年纪的人都可能说类似的话，高尔基表述过这样的观点，鲁迅好像也说过，即使他们自己不说，别人还会借他们的嘴说。在有把年纪的作家眼里，写作这行当虽然不是文物和老中医，毕竟也不是坐台小姐，年轻漂亮就能当饭吃。

我总是提醒自己不要打击一大片，不要卷入到打群架的行列中。而且我的身份本来就暧昧，搁谁那边都很多余，对于老作家来说，我的资历还浅，属于青年作家；对于真正的青年作家来说，我又太老，应该属于过了气的一辈人。因此难免不了世故，少年气盛和倚老卖老，与我都没关系。世故之外，我很少看那些与自己无关的当代作品，知之为知之，不知道就不应该瞎说八道。在过去的几天里，我一直在看张生的两部小说集，看了，忍不住便要说几句话。

首先，之所以会看这两本书，是因为多年以前，南京大学的丁帆老师要搞一个访谈，谈什么已经没有一点印象，只记得喊了个学生在整理，然后弄出一些文字来发表。我觉得很对不住那个学生，逮住机会和他聊了几句，说什么也记不清了，勉强记住的几句话，是他很兴奋地告诉我，说南大的学生中现在颇有几个能写东西。这番话后来真有了正果，当代年轻的一茬作家中，好几位都出自南大，这些人的名字我一下子报不全，反正是个很不错的阵容。在这个阵容中，有一个叫张生的作家，刊物上老见到这名字，终于有一天，我意外地获悉张生就是上面提到的那学生。

或许这就是缘分，张生的小说让我有了充分理解的机会，虽然只读两部小说集远远不够，毕竟是我第一次如此认真地对待一位年轻作家。作为同行，简单说好说坏都是不慎重的，评论术语对于我来说又太陌生，要谈也只能谈一些题外的话。我喜欢张生小说中流露出的那种书卷气，这种气息在中国的前辈作家中很难看到。也许我的观点是错误的，我始终觉得书卷气是传统的一部分，读张生的小说，有时候感到他似乎比老作家们更传统。

传统是一个很世故很广泛的东西，以书法论，它不是一两本碑帖，而是包含书法史上的一切优秀作品。传统不是一两个作家，一两种主义和潮流，年轻一代作家的幸运在于，他们可以浏览了一大堆作品以后，挑一两本自己喜欢的碑帖进行临摹。选碑帖是一件愉快的事情，临碑帖同样是一种享受。值得指出的是，临摹并不是什么坏事，大作家小作家都离开不了临摹，太阳底下无新事物，临摹不仅可以告诉我们怎么写，还可以告诉我们怎么读。怎么读有时候甚至比怎么写更重要，在临碑摹帖之外，还要读碑帖。没有临摹就没有创新，不读碑帖便很难开拓眼界。换句话说，在张生的小说中，我既看到了临碑帖的功夫，也看到了读碑帖的修养。

面对缺乏生活这类指责，年轻一代的作家只好自认倒霉，什么叫生活，永远也说不清。作家下海，当官，表面上看，和生活已经融为一体，但是下海或者当官，包括走私贩毒下大狱，真写出好作品的作家几乎没有。看张生的小说，便想到他不会拥有这样的生活。生活无处不在，何必行千里，自然生远心。深入生活根本不是个问题，问题是张生以后还会怎么写。在张生已有的小说中，已经表现出了对临过的碑帖的厌倦，这种厌倦是文学发展的动力，也是进一步提高的可能。临摹是为了摆脱碑帖的束缚，没有这种束缚，我们不会写作，不摆脱这种束缚，我们便不可能真正写好。

或许这才是最值得庆幸的，在我读过的两本小说中，张生的每一笔都有来头，都能想到某种文本，但是并没有大师嫡系的习气。这是非常可贵的地方，张生显然已明白唯我独尊是小说的大忌，以某某传人自居是最大的可笑，因此他虽然是弟子，却更像是叛徒。

陶文瑜的诗

陶文瑜的诗，让人想起了戴望舒的《雨巷》。光阴荏苒，很多人都已不知道戴望舒，他被人们忘得差不多了。书上一本正经介绍说，这位诗人曾经很著名，是象征派的代表诗人，其实，就是在他最红火的年头，知道的人并不多，了解他的人更少。戴望舒一生写了很多诗，翻译了很多诗，他的翻译诗完全可以当作创作来欣赏。可惜大家只记得《雨巷》，只记得撑着油纸伞梦一般的姑娘，只记得那姑娘太息般的眼光，丁香般的凄婉和惆怅。

一个好诗人，能有首诗让人惦记，已经很不错。不想用好诗人来夸奖陶文瑜，我是个不懂诗的书呆子，不懂诗的人照例不配谈诗歌，不懂就不应该胡说八道。诗和男人眼中的女人漂亮不漂亮，女人心目中的男人负责任不负责任一样，并没有什么死板规定。情人眼里会出西施，猪八戒吃人参果，你觉得陶文瑜的诗可以读，能让人产生些美好联想，有些依依不舍的惦记，这就行了，足够了。

陶文瑜生活在今日的苏州。这年头，寂寥迷茫的雨巷，早没有了愁怨的蛛网，时髦姑娘也再不打油纸伞。公共汽车像无人领养的宠物，穿街而过，把不知所措的我们搬来搬去，像翻日历一样。以往的历史，仿佛一个个与我们毫不相干的陌生女人，悄然而至，飘然而去。这是个不解风情的城市，老式和新式的诗人守在空屋子里，把自己制成了蝴蝶一样的标本，战栗的翅膀在晴空万里中翻飞，然后戛然而止。

陶文瑜有一手现代人很少擅长的毛笔字功夫，难免恃才矜己。艺高人胆大，有本事的才子，想不卖弄也难。他喜欢在宣纸上写诗，当然用毛笔，是行楷，加上红印。写信也是如此，在给我的来函上，随手写下自己的电子邮箱，一连串英文字母，就好像一个穿唐装的成功人士，突然系了根刺眼的领带。诗人都是些有毛病的人，在电脑时代，在灯红酒绿的商业潮流面前，他的一举一动，一言一行，都显出了一些格格不入，显得多少有些可笑。

选择当诗人，说穿了，就是自觉或不自觉地选择一种生活方式。诗给了人们一种观察世界的独特目光，有了这种目光，日常平庸的生活，外部世界的五光十色，便有了全新的意义。诗让我们看到了看不到的东西，让疲惫不堪的心灵，因此感到充实，感到肆无忌惮，感到阳光照进了茂密的树林。诗是一块敲门砖，或许它根本就砸不开现实世界坚实又无情的大门，但是有了这么一块砖头在手，咚咚的敲门声，便变得孔武有力起来。

> 我们像贴在电线杆上的
>
> 寻人启事
>
> 等待着找到别人或者
>
> 让别人找到自己

体会诗歌，就是体会落叶归根，陶文瑜的诗，让我欲说还休。

第四章

.
.
.

吹灭读书灯，一身都是月

.
.
.

借书满架

　　近来买书越来越少，首先因为书贵，其次因为书多了没地方放。父亲是南京的藏书状元，家里是房间就有书，书占了太多的空间，书挤人，人只好反过来再挤书。我虽然搬开来住了，个人藏书不敢和老父亲比，但是不几年也有了六橱书。

　　书多了也累赘，于是借书成癖，借书有许多好处，譬如人再聪明，买书也有买错的时候，多厚的一本书，付款前看走了眼，临睡觉倚枕享受，越看越煞风景，气得睡不着觉，连做梦都喊冤。又譬如买书往往不看，书买回来以后，明知是好书，却为了反正是自己的，由先不着急看，渐渐变为忘了看。又譬如买了好书怕人借，过去有种说法，借人书一痴，还人书一痴，有了好书最怕人借，最怕好朋友借，借了不还，心里不痛快，只好赌气再去买一本。

　　借书则没有这多烦恼，花钱买书是明媒正娶，借书则只是谈朋友。好歹是借的，不好看还了拉倒。借了要还，想不抓紧看完也不行，买书可以不读，借书舍不得不看。借来的书不怕借，借出去了，也可以名正言顺跟别人要，书是图书馆的，是公共财产，追讨起来理直气壮冠冕堂皇。

我说的借书满架，当然是借公家的书。个人的藏书再多再丰富，和图书馆比起来，一定小巫见大巫。其实我直到了读大学，才第一次尝试借书。在此之前，我一向觉得自己家有万卷书，读都读不完，干吗还要去借。真正尝到借书甜头是在读研究生期间，动手写论文前，我把大量的时间都泡在阅览室里，翻了数不清老掉了牙的旧刊物旧杂志，临回家，必是贪得无厌地借几本书，连夜苦读，第二天依然如故。那段时间，我真应该算是一位用功读书的好学生，天天不到深夜一点绝不睡觉。南大中文系的一间大教室里，珍藏了大量民国时期出版的图书，就阅读而言，我可过足了瘾。

我的书橱有一层专门用来放借的书，凡是能借书的地方我都大献殷勤，名正言顺的不算，诸如我父亲过去的单位、现在的单位，我爱人的单位，是地方我就插上一脚。这些年来，我每隔三年五载便换单位，因此能借书的点不断增加壮大，一有空就拎着一包书东走西窜。借书满架实在其乐无穷，再也没什么比死的书橱中，有一个流动的活书架更让人赏心悦目。

书是人类的朋友，读书是心灵之间的交流，买书的黄金时代已经过去，喜欢读书却又有些锦囊羞涩的人，口袋里有钱房子又太小的人，不妨以我为师，在经济实惠的借书上下下功夫。个人很渺小，集体非常伟大，公家的书不看白不看。一粒米一滴水都不应该浪费，一本书放在那不看太罪过。

糟践自己

春天快要结束的时候，天忽然热了，我的小学同学凑在一起，搞了一次声势浩大的聚会。多少年没见过面的同学，突然以一种熟悉而又陌生的面孔，重新面面相觑，说不出好奇地相聚在公园。在这重温旧梦的日子里，每人照例都要说几句话，轮到我，知道这人已经混成了作家，指定要多说几句。我结巴了半天，说："你们好好混，谁混阔了，我在报纸上写文章吹捧你们。"

我不知道自己为什么要这么胡说八道，当时确实就是这么说的，嘴稀里糊涂一张，就说了。如今一想到，就为说过的这话起鸡皮疙瘩。嘴常常是不听大脑使唤的，我究竟想向多年不见的小学同学说明什么呢，说明我们写文章的就这么不是东西？说明我们除了会拍马屁，什么正经事也干不了？

真是莫名其妙地在糟践自己，我从来没为什么混阔的人写过什么文章，今后也不会写。今后要写什么，是个说不清的话题，可是不写什么心里却明明白白。真正的作家是用血和汗在耕耘，而那些混阔的人和我有什么狗屁关系。我所倾心的对象是那些默默无闻的普通人，我所关心的是人类的简单的感情，是人类的普遍处境。我为那些喜欢我作品的读者写作，写作是我存在的方式和结局。

常常有人很认真地问我，你最好的小说是什么，我的回答都是没有最好的小说。挖苦自己的小说时绝不嘴软，我形容它们臭不可闻，说这篇小说和那篇小说不能看，说自己不过是为了拿几个稿费。过分地谦虚，过分地糟践自己，以至于那些想表扬我的人不知所措。

这些明显的谎言目的是什么呢，当然没任何目的，不过是信口说说而已。夸夸其谈的人实在见得太多，我害怕自己不知不觉就成为其中一员。我羞于说作家是一个崇高的职业，而且一直对崇高这个词表示怀疑。崇高已经被许多不崇高的事玷污，因此我不得不与崇高保持相当的距离，不得不以警惕的姿态来面对崇高。和崇高相比，我更热爱平常这两个字。我知道我们现在正处于一个相对充分自由的时代，我们辛辛苦苦写出来的文字，已经很难再起到什么教育作用。无论我们怎么虔诚，我们事实上已当不了救世主，连传教的牧师也当不了。现代人有充分的自由可以拒绝我们，人们锦囊羞涩，把钱花在心甘情愿的刀口上，就算口袋有大把钞票，文学仍然只是精神漫游者的家园，物质从来不是那么轻易地就会变戏法似的成为精神。

于是会出现类似玩文学这样的词汇，既然一条路走不通，结果只好当起调酒师。我们仿佛把文学变成了一门手艺，我们谈论技巧，谈论文学的本义和终极，谈论这谈论那，言不由衷胡说一气，结果害得许多正直人士拍案而起。这骂是自己招来的，因为文学谁都知道是玩不起的，从事文学事业也不可能和调酒师是一回事。我们不想用文学传教，也不可能仅仅把文学变成纯粹的技巧。文学从来不是我们想怎么就会怎么，文学事实上远比我们想象中的伟大还要伟大得多。有些既老掉牙同时又是崭新的问题，也许不能不重新思索一下。我们究竟要用文学干什么呢？换句话说，超越了传教和技巧两大门派的第三种可能性是什么？

这第三种可能性正是我们的目的和追求。我们心里似乎明白，但是说不清楚。也许正是说不清楚，我们才会力图不断地用写小说来证明。我们的努力，只有通过小说才能体现。不断地努力比说什么漂亮话都更重要。今年夏天，在一次和文学青年的对话中，一个青年写了一张小纸条子给我，她说你不用回答什么问题，你挺好，真的顶好。我直到现在，都在为这张只有短短几句话的纸条所感动，这是一个读过我小说的人写的纸条，她明白作家和读者最好的对话，就是直接阅读他的作品。别太相信作家嘴里说的话，作家要是能把话都说清楚，他也就用不着再写小说。作家总是有太多的话要说，他总是说不明白，因此唯有没完没了地写下去这条绝路。

　　一个读者写信给我，好几张信纸，有许多溢美之辞，结尾一句话却让我陶醉，是感谢我对小说所做的努力。作家总是有虚荣心的，尽管嘴上喜欢糟践自己，不仅糟践自己，甚至糟践作家这个行当，可是他如果不喜欢小说，干吗呕心沥血地从事这一艰辛的工作？我热爱小说这门艺术，没办法用语言来表示对它的痴迷。我是个职业小说家，小说就是我的生命，没有了小说，我活着也没有任何意义。我的读者也是我生命的一部分，我感谢他们的阅读活动，感谢他们的理解甚至不理解。小说的意义就在于作者和读者的共同努力，就在于通过文字的桥梁，走向我们共同的彼岸。

欲望的尽头

欲望的尽头是什么，谁也说不清。欲望永远没有尽头，工资总是少一级，房间总是缺一间，人永远也不会满足。官最好再大一些，好运气最好再多一些，好了还要再好，此山看了那山高，没完没了。

我是个俗人，官不想当，当然暂时也没人硬让我当。稿费若能多拿一些，房间再多上一间，我肯定会龇牙咧嘴笑个不歇。尤其我住的房子，每年十月初告别太阳，直到第二年三月份才会重见阳光，若是能分到一个冬日里阳光灿烂的房子，真不知道会怎么感谢。对于一个天天伏案工作的人来说，一冬天不见阳光实在忍无可忍。

忍无可忍其实还是有些夸张。我并不是想提倡阿Q的战术，不过，与我同年龄的人中间，的确还有许多人不如我。幸福常常是一种很外在的东西，它只有在不恰当的比较中，才能体验到。有一年，我们去参观刚暴发起来的农民小楼，那阔，那外表的装潢，真是公家配给省长的住房也不能与之相比。可是进屋粗粗一看，满地扔着破鞋子，是房间就安装了防盗门，在一台二十寸大彩电上，却放着一台九寸的黑白电视，我心里顿时就觉得不是滋味。

一个朋友被一位很大很大的领导召见，那领导在许许多多的谈话中，极随口说了一句，十年前，他拥有的还是一台十二寸的黑白电视。这是一场极具领导艺术的谈话，这次谈话以后，不用说是我的朋友，就连我这么一个局外人，听了朋友的转述以后，也跟着对那位大领导感到亲切。现在很多人买电视都拣最好的买，要买什么画王，要买那种大屏幕上带小屏幕的。想想就好笑，真正明白事理的人，有台电视就行了，看着清楚就足够。那么穷讲究干什么，电视台要是不播好节目，就是买到了画王的爷爷也没用。

欲望说穿了是不安于现状。在欲望的回光返照中，我们必然会对什么都不满意。我们总是向最好看齐，结果对于最好的本义反倒模糊不清。有一个固定词组常常害人，这个词组就是"一定"。天下本来就没什么一定，人活着，千万不要为一定所困。帝王将相，宁有种乎，我们却自欺欺人老要谈什么一定。我们一定要吃什么，一定要看什么，一定要得到什么，可结果呢？明白这道理就足够了，有些什么没吃过，没看过，没得到过，并没有什么大不了。欲望的尽头，往远里说，是死亡。往近里说，是不要相信有什么一定。

想清高

想清高是一服经济实惠的良药。当不了官，发不了财，退求其次，就只剩下清高。清高是人们要脸面的一种简单方式，来得容易，去得快。清高不要任何本钱，去买西瓜，小贩要价大洋一元，你喝一声五角，各不相让，这时候，小贩若清高，可以不卖给你，你喜欢要脸面，可以赌气不吃西瓜。谁都可以轻而易举地清高一回。

老话说无欲则刚，所谓刚，也就是清高的意思。世上的事，坏就坏在有欲望。有了欲望，因此蠢蠢欲动，不肯太平。我们说某某某贪污受贿，某某某中了美人计，都是欲望这玩意害的。男人的阳痿也是如此，真没了欲望，也就没有阳痿。欲望是可以燎原的星星之火，是推动人类历史发展的动力，有积极的一面，更有消极的一面。欲望总是和清高赌气。清高是一个充足了气的皮球，欲望的小针不停地在气球上扎着小孔。

我屡屡喜欢做出清高的样子。有时候感觉十分好，胆子陡然就大了，自以为比写《桃花源记》的陶渊明还陶渊明，比《红楼梦》里的妙玉还妙玉。人常常忘乎所以，好在我太太火眼金睛，早看透了猴子的小把戏，动辄当头一盆冷水，弄得你十分狼狈，于是乖乖地想明白自己是谁，知道自己究竟有多大能耐。清高不要本钱，说白了，只是理论上的理论，只是荒诞的假设。事实上，没本钱清屁的高，真没本钱，什么话都别说，什么蒜都别装。我总是用受过的羞辱来惊醒自己。有一次，为一个亲戚调动工作，去见某一位领导，很小的一个领导，我笑容可掬地送了一本自己签了名的小说，领导看也不看，往旁边一扔，仍然板着脸说话。我大窘，立刻觉得自己矮了一大截，俯首低耳地听着，憋了一肚子火，回了家才敢生气。

　　清高清高，首先能清，才谈得上高。水清则无鱼，人清如何，想不明白。不能清，就别想高。不能清就老老实实，本本分分，别丢人现眼，结果想高反而低了。物极必反，想得高，摔得重，世上只有敢不求人的人，才可以享受清高。要不然，也只能是想，想一想而已。人是一切社会关系的总和。人所以成为人，就是因为要和人打交道，打交道还想不求人，你以为自己是谁？

　　话又得赶快说回来，就和想当官发财一样，能不能是一回事，想不想，又是一回事。人活得已经够窝囊，要是连清高都不敢想，也太没出息。没有人因为胡思乱想，就吃了官司。清高毕竟没有被别人申请专利，起码目前为止，还是公共财产。反正想清高不会妨碍任何人，仿佛市场上的保健药品，未必有效，至少无害。凡事都别太计较，不以成败论英雄，真清高不行，不妨假清高，不能一直清高，不妨偶尔为之。人总不能太绝望，太虚无，看穿了清高的把戏，便索性不要脸。有点浪漫主义不是坏事，都说不要自欺欺人，其实就是自己骗了自己，又怎么样。人不可能因噎废食，知道还会摔跟头，就躺在地上永远不起来。我总觉得一个想清高的人，总比不想要好。现在做人，想要脸，未必要得了脸，不想要脸，那可就真没脸了。

阅读是一种生活方式

　　早年读中学的时候，绝对不会想到读书有什么用处。那年头上学，就跟闹着玩似的。大家都觉得读书无用，反正也没有大学可考，读不读书都一样，混到中学毕业，不下乡当知青就是抽到上上签，但是显然，这个读书是指读教科书，如果有幸不用教科书也是件"赏心悦目"的好事。事实上，我们都是很快乐地享受了这种不用认真上课来应付考试的日子。

　　好在我们家还有许多藏书，无聊才读书，没事看小说。高中毕业后、当工人时，闲了没事可做，我充分地享受到了课本之外的读书乐趣。尤其是高中毕业后的一段时间，那是我一生中最悠闲的一个阶段，是真正的无所事事。待业了一年，这一年实际上是当祖父的生活秘书，照顾老人家，听他聊天，陪他去看他的朋友，在他的身边胡乱翻书。我看了不少世界名著，也看了一些现代派诗人的诗，在不知不觉中，对阅读产生了浓厚的兴趣，这种爱好一直保持到今天。

　　一个人的阅读，很可能是即兴的。一本书吸引读者总有原因，或者文字饱含趣味，或者故事情节生动，或者思想散发出火花。有时候，看上去不该抓住人，完全可能因为一些别的元素，突然让你爱不释手。譬如我最近看到的民国时期国都设计技术委员会办事处编的一本厚厚的《首都计划》，便无端地有些喜欢，而喜欢的原因仅仅是因为它的技术含量。用技术含量来形容一本书，有些奇怪和不负责任，可惜我找不到更合适的词。再譬如我看到的美国女作家塔奇蔓创作的《八月炮火》，它对第一次世界大战的开局，做了非常精彩的描述，又有很好的历史深度，让人掩卷叹息，欲罢不能。附带说一句，这本书是芦苇兄推荐的。

　　我的阅读兴趣一向很杂，想到什么读什么。天下从来没什么一定要读书的书。我习惯于随手抽下一本书，无论哪个行业，无论是讲什么故事，都可能津津有味地读下去。如果觉得无聊，我会立即放弃，不想读它，为什么非要硬读。在阅读方面我是个"杂食动物"，是个机会主义者，有人认为读书必须要从书中汲取所谓"营养"，要读就得事半功倍，一定要获得人生教益或启示，说老实话，我从内心深处排斥这种带着明显功利目的的阅读。读书就应该像吃喝拉撒睡一样轻松随意，应该是日常生活中的一部分。

　　读书其实是一种生活方式。多读书不是什么坏事，也未必就一定是好事。多读书可能变成书呆子，当然也可能帮助你更好地了悟人生，触类旁通。经常听到有人说"听君一席话，胜读十年书"，实际上，这是个似是而非的比喻，因为前后两句话是不可能分开来的，它们之间存在着互文关系，互为因果。如果没有之前的十年苦读，没有阅读的积累，也就不可能有聆听别人一席话的大彻大悟。好货不便宜，天上不会掉馅饼下来，我一向不赞成为人推荐什么必读书，推荐必读书其实是鼓励人在阅读上偷懒，鼓励读书的投机取巧。

我总是忍不住向别人推荐自己正在读的书，好事用不着一个人偷着乐，奇文共欣赏，疑义相与析。又譬如我刚读过的这本《首都计划》，虽然是新出版，但却是老掉了牙。这是一本已快八十年的城市规划，它反射出了特殊的历史信息，陈旧而不缺乏新意。八十年前的南京破烂不堪，国民政府定都以后，聘请了国内外第一流专业人员，在最短时间内制定了这部《首都计划》。尽管时间仓促，这个计划的精细科学，用今天的眼光去看，仍然足以让八十年后的读者震惊。它不仅立刻让南京受惠，而且吃足了老本。过去的很多年，谈到城市规划，谈到绿化和公共设施，大家都羡慕南京。它的基本思路，宏观上采纳欧美规划模式，微观上采用中国传统风格，直接影响了当时以及后来的城市规划设计。

写作是一种修炼

创作谈是一种让人不寒而栗的东西。十七年前，我的第一篇小说变成铅字以后，祖父就警告过我，写作可以，但是千万别发表什么创作谈。每当我不得不勉强谈一谈创作的时候，都有一种有违祖训的恐慌。其实创作谈是免不了，我的祖父坚决反对谈，自己仍然有一本厚厚的《论创作》。

不容置疑，就算是虚构小说，也是一种变相的创作谈。人们总是绕着弯子谈创作，有时装腔作势，盛气凌人，有时心怀叵测，小心翼翼。就世界文学而言，时至今日，提出什么样的创作口号，都吓唬不了人。见多不怪，一惊一诧的，仅仅是那些少见多怪者。口号与货色向来是两回事。"五四"那一代作家，关于创作有一句最著名的口号，就是"小说要为人生"。为人生而写作，充满了一种见义勇为的献身精神，也是前辈作家至今仍被我们敬重的根本原因。可惜"五四"文学尽管轰轰烈烈，从来没有达到应有的高度，成也口号，败也口号，大家都想当教师，都想惊醒别人，结果忘记了学生其实根本就不爱听，忘记了自己其实还应该做学生。

小说必须为了人生，不问苍生问鬼神，这是小说家的歧途。然而有道学气的作家，事实证明不可能成为一个彻头彻尾的好作家。事情永远是矛盾着的，千里不同风，百里不同雷。写小说势必要文以载道，往大里说，作家多少得有些终极关怀。同时，作家又不可能不以诗言志，往小里说，文如其人，什么样的人，写什么样的东西。古人说到载道和言志，与今天通常的解释有很大区别。古人说的文，是大散文，是《古文观止》里收的那些经典文章，这类文章要载道天经地义。而诗是文余，虽然在唐朝不考八股文，诗写好了也能做官，但是提到李白和杜甫，也就立刻会明白做官和写诗，毕竟两回事。诗没有文那么大的牛皮，所以就只配言些志。

小说究竟是接近古人所说的文，还是接近于诗，答案显然是后一个。对于古人来说，文和诗，不是一个东西。诗也可以载道，就好比文同样可以言志，区别只是侧重点不同。道和志并不像我们所想象的那样截然对立，它们之间并不是什么仇家。小说不同于文，也不同于诗，可以载道，更可以言志，一心想着载道，难免说教，结果常常寄希望别人怎么样，忘记了自己的修炼。一心想着言志，让心灵的声音直截了当流露出来，弄不好却是自言自语，陷入了个人情感的小怪圈子。

我们今天面临的尴尬，是左右为难，许多人习惯在小说中寻找"道"的标签。有了道，便可以发挥做文章。有人把对新闻报道和报告文学的要求，强加到了小说家的头上，并因此简单地考察作者是否有责任心。小说家不应该满纸道学气，小说为人生，并不是让小说家扮演救世主。小说家不应该有那种精神领袖的欲望，按照我的傻想法，失去了平常心的人，当不好小说家。小说既是一门综合艺术，更是独立的文本。小说不应该成为哲学或历史学著作的附庸，小说应该以自己的嗓门说话。事实上，小说只对那些喜欢写，或者喜欢看小说的人起作用，对小说有过高的奢望，是枉费心机。

写作也是一种修炼，言为心声，心灵深处的声音，不一定都是好东西。人得修炼，而写作是修炼的方法之一。

江南文人

一

刚写了一篇不短的文字谈江南的女性，自古才子佳人，天生一对，地造一双，说完江南佳人，意犹未尽，索性继续嚼舌，顺藤摸瓜，谈谈江南的文人。江南文人以才子著称，有才自然是好事，然而被称作才子，不一定都是表扬。人们常说文人无行，"无行"则是才子们的恶名。民间老百姓眼里的才子，大都属于唐伯虎一类，地主老财奸污丫环使女，是恶霸行径；唐寅调戏秋香，便是风流。文人无行的说法，有一层宽宏大量的意思，好比说小孩子不懂事，偶尔闯祸捅些纰漏，不是什么了不得的大错误，用不了太当真。狗天生要吃屎，文人尤其是才高八斗的文人，似乎有干坏事的专利，有和女人调笑的特权。无情未必真豪杰，唯大英雄能本色，一头扎进脂粉堆里不出来，这样的江南文人可以找出很多。

在中国古代社会，真正官场上混迹，搁哪朝哪代，吃喝嫖赌
几样德行，公开的嫖是不能沾的。传说中，明清两代皇帝，都有
秘密访问妓院的记录，而且还留下杨梅大疮的疑案。再往前看，
宋代的徽宗和妓女李师师相好，并由此打翻了醋坛子，利用职权
报复有着共同嗜好的嫖客。这些传说的基础，都建立在皇帝不该
去妓院的游戏规则之上，都说明皇帝嫖妓不符合公理，是例外。
皇帝可以有三宫六院，寻花问柳，就有失于行为规范。与此相反，
那位引起徽宗醋意的周邦彦则不同，周是浙江杭州人，是标准的
江南才子，徽宗时为徽猷阁待制，提举大晟府，用今天的话来说，
所谓大晟府只是个音乐机关，算不上什么几品大员。俗话说，无
官一身轻，周邦彦才华出众，能填一手好词，而且精工丽词，格
律谨严，被称为"词家之冠"。他的词多半是写给女孩子，这些
女孩子又多半是妓，皇帝去妓院是邪门，周邦彦留连平章是正道，
恰巧体现了才子本色。要怪也只能怪皇帝跑错地方，在妓女的香
巢中，正在鬼混的周邦彦风闻徽宗微服私访，来不及跑，吓得只
好躲在床肚下。有没有看到皇帝与妓女做爱，且不去细究，窥探
和知道皇上的隐私同样也是大罪，据说周邦彦一生不得志，重要
原因就在这里。

如果民间故事都可以当真，传说都是写实，名妓李师师一定
在徽宗的枕头边，说了不少动听的好话，要不然徽宗心里的疙瘩

永远解不开，岂止是不让周邦彦做官，要杀他跟杀只鸡一样。风流必有代价，这代价可能是原因，也可能是结果。古往今来，失意文人总是占着大多数，人生不得意者十有八九，既然失意，便找到了充分堕落的借口。文人本来就不太拘小节，考场名落孙山，官场小人陷害，于是"解心累于末迹，聊优游以娱老"。李白明明失意，却做出得意的样子说：

我本楚狂人，
凤歌笑孔丘。

黄庭坚一生坎坷，在《鹧鸪天》也做出这种佯狂模样：

身健在，且加餐，
舞裙歌板尽清欢。
黄花白发相牵挽，
付与时人冷眼看。

放浪形骸似乎是中国文人的一个传统。难怪范仲淹在《岳阳楼记》中要振臂一呼，号召大家不要自说自话，胡乱找借口，要"居庙堂之高则忧其民，处江湖之远则忧其君"，人生无论是否得意，官场或进或退，都不能失其人文精神。风流得理直气壮，这是不对的。国家兴亡，匹夫有责，读书人一头栽在女人身上，整日风花雪月，儿女情长，结果便只有亡党亡国。

人之初，性本善，性相近，习相远。根据老祖宗的教导，人类身上的种种坏毛病，都是后天造成的，循乎理者则为贤，纵乎欲者则为不肖。人能够纵乎"欲"，似乎又是对性本善的讽刺。清朝的袁枚是浙江人，他来到南京做官，做了几任县太爷，突然对官场失去兴趣，便在南京的小仓山买了一块地，修了随园。他身上的那点才子气，可谓发挥到了极致，别人是因为不得志，所以醇酒美人，落魄才当名士，官场失意才消沉，袁枚则不然，他的自供状很幽默：

不作公卿，非无福命都缘懒；
难成仙佛，为爱文章又恋花。

真是一个活脱的江南才子写照。袁才子的意思，当才子就当才子，用不到这样那样的借口。中国文人的立足点，从来是在做官这一点上，写诗作词，琴棋书画，都是业余爱好。只有当了官，才能算修得正果，要不然，都是不务正业，都是旁门左道。后人以古人的文章好坏，来看文人的成就大小，古人却不是这样，虽

然写文章立言，也是件重要的事情，但是和立功立德这样的大是
大非相比，已经远在其次。至于立功立德如何衡量如何判断，最
简单的办法，就是看能做多大的官。袁枚也算是名重一时的人物，
有《小仓山房集》，有《随园诗话》，还有《子不语》，但是在
馆阁诸公的眼里，仍然是野狐禅，算不得文化人的楷模。

二

　　唐伯虎是世人眼里的风流才子，袁枚则是士大夫心目中的
花花公子，他修建了名震江南的"随园"，好得连皇帝都眼红。
乾隆下江南，曾专门派人去他家描图，以便回京修皇家公园时参
考。袁枚有一大帮的姨太太，这还不过瘾，妙在还有一大群跟着
学写诗的女弟子，所谓"素女三千人，乱笑含春风"。浩浩荡荡
的江南才子大军里，似乎只有袁枚配得上"风流教主"的雅号，
他活的时候轻松快活，死了也没被戮尸，查禁著作。有名的江
南文人十有八九没什么好结果，轻则罢官解职，重便流放掉脑袋，
这是名重一时的江南文人常见的结局，而袁枚则以善终让人羡
慕不已。

　　袁枚选择南京定居，有一个重要的理由，是"爱住金陵为六
朝"。魏晋风度历来是江南才子们仿效的样板，是精神上的源头。

事实上，六朝之前，江南并没有什么出色的文人，大文人没有，甚至小文人也不多见。江南仿佛小商品批发一样地出文人，这都是后来的事情。孔子孟子是北方人，庄子是北方人，古时候有名有姓的，差不多都是北方人。老子的籍贯有争论，其中一个观点说他是楚人，江南虽然也曾经是楚地，那是被楚国征服以后的事，和老子的楚仍然挨不上。楚人中有出息的文人屈原和宋玉，同样与江南无关。

江南像样一些的文人最初都是北方人，永嘉南渡，大批士子拖儿带女，一下子全跑到江南来了。江南文化在一开始就是北方文化的缩影，因此，江南文人骨子里还是北方文人，这北方是失败的北方，是异族大举南下时仓皇南逃的北方。北方汉人逃往南方是迫不得已，那时候的江南，经济谈不上富庶，文化十分落后。在骄傲的北方人眼里，江南地广人稀，饭稻羹鱼，或火耕而水耨，虽然地势饶食，无饥馑之患，但是一个个都是天生的懒鬼。北方的汉人移居南方，真是委屈了他们，是不得已而为之，南蛮鴂舌之人，很长一段时间里，不入北人的法眼。

都说魏晋时期，文学开始自觉，读一读《世说新语》，便一切都明白。这是一个文人辈出的年代，既有建安七子，又有正始名士和竹林名士，这些辉煌的人和事，其实都发生在北方。建安七子的孔融被曹操杀了；正始名士中，三位主将除王弼二十多岁早死，余下的两位也被司马懿所杀；竹林名士有七贤，嵇康被砍了脑袋，一杀再杀又杀，留下一条性命的，只好老老实实地学乖。在那个特定时代里，学乖最好的办法是装糊涂，于是就吃五石散，一种和毒品差不多的药，吃下去，浑身会发热，甚至发狂，产生奇异的幻觉，见了苍蝇，也要拔出剑去追。要不就喝酒，猛喝，一个个都成了酒徒，成天醉醺醺说酒话，司马昭想和阮籍结成儿女亲家，阮籍一醉两个月，硬把这场婚事躲了过去。

　　南渡以后，北方的文人成了南方的文人。既然是失败的北方，此时就谈不上什么强秦雄视天下，也没有一点点西汉的恢宏广大，聊以自慰的一点魏晋风度，因为接二连三掉脑袋，此时迅速堕落变质，只剩下一些空谈和装疯卖傻。六朝虽然紧接着魏晋，在文风上看似一脉相承，然而骨子里其实就只有软弱两个字，史家所谓"气格卑弱"。西晋已经亡了，南来诸人无所作为，唯一的发泄机会，便是在饮酒游宴时，面对良辰美景，哭着说："风景不殊，正自有山河之异！"这类伤感的话可怜兮兮，结果便是让大家流眼泪，哇啦哇啦一起哭。

　　江南文人所继承的，正是这种颓败的北方文人的传统。古老的吴越文化，究竟什么样子，江南文人其实并不清楚。根据吴越争霸的态势看，春秋时期的吴人和越人，并不像后来那么柔弱，吴王夫差一度称雄为霸，越王勾践卧薪尝胆，都有过可歌可泣的

历史。成者为王败者寇，越灭吴，楚亡越，秦始皇统一中国，江
南的民风一变再变。都说是一方水土养一方人，而人是可以流动
的，北方人来到南方变软弱了，这是一个错觉，因为来南方之前
的北方人，已经没有多少硬骨头。鲁迅先生《魏晋风度及文章与
药及酒之关系》，是谈及魏晋时期最有趣的一篇文章，他在文章
中引用了刘勰的话：

　　　　稽康师心以遣论，阮籍使气以命诗。

　　稽康师心掉了脑袋，阮籍也就不敢再使气，而师心和使气恰
是魏晋风度的精华所在。南渡的北方文人，把盛行一时的老庄玄
学带到了南方，既然干涉政治会掉脑袋，那么空谈喝酒和装疯卖
傻的种子，便会在南方湿润的空气中，生根发芽，蓬勃发展，并
结出丰硕的成果。六朝人物紧接着魏晋，然而魏晋风度中的精华
已不复存在。"大抵南朝皆旷达，可怜东晋最风流"，旷达和风
流既可以是好辞，也可能有贬义，总之一句话，北方文人是因，
江南文人是果，江南的文人其实是为北方文人枉担了骂名。

　　江南文人常常挨骂，有其活该的一面。在魏晋时，文人们大
约还是佯狂，南渡以后，越来越不像话，到后来，索性就真的破
罐子破摔，不想好了。阮籍在北方的时候，喝酒归喝酒，毕竟写

出一些像样的文章，《晋书》上说他"博览群书，尤好庄老"：

> 籍本有济世志，属魏晋之际，天下多故，名士少有
> 全者，籍由是不与世事，遂酣饮为常。

到了六朝时期，江南文人喝酒不输给阮籍，荒唐和放纵有过
之无不及，写文章，差不多一篇像样的东西也写不出来。在《魏
晋风度及文章与药及酒之关系》一文中，鲁迅曾以很生动的文字
写道：

> 因为他们的名位大，一般的人们就学起来，而所学
> 的无非是表面，他们实在的内心，却不知道。因为只学
> 他们的皮毛，于是社会上便很多了没意思的空谈和饮酒。
> 许多人只会无端的空谈和饮酒，无力办事，也就影响到
> 政治上，弄得玩"空城计"，毫无实际了。在文学上也
> 这样，嵇康阮籍的纵酒，是也能做文章的，后来到东晋，
> 空谈和饮酒的遗风还在，而万言的大文如嵇阮之作，却
> 没有了。

东晋时的王孝伯曾担任过刺史，不算太小的官，但是这位老

兄读书太少，又不熟悉用兵，光知道空谈和笃信佛教，结果在战
乱中被杀。这么一个活宝，《世说新语·任诞篇》上，却留有他
大言不惭的语录：

　　　名士不必须有奇才，但使常得无事，痛饮酒，熟读
《离骚》，便可称名士。

　　南渡前后，江南发生了翻天覆地的变化，这里既然是北方人
征服的领域，在文化上，拼命向北方看齐便是必然的事情。江南
的文人只不过是继承和发扬光大了北方文化人的名士传统，事实
上，早在南渡之前，北方文化已先一步地大举南下，东汉灭亡以
后，江南民风向北方学习已经蔚然成风。当时的江南士族，都卷
着舌头学习洛阳话，结果南腔北调，反而制造出一种很怪的杂交
方言。北方人的习俗成了江南人追求的时髦，人有时候就这么贱，
北方人越看不上南方人，南方越不自信，越巴结北方的文化。目
睹这种变化的葛洪，在《抱朴子》中以"居丧"为例，说明江南
如何受北方影响。吴国之风俗，人死了，往往丧过于哀，换句话说，
非常讲究形式主义，很把死人当回事。晋室东迁以后，南来诸人
把魏晋名士的放诞带来了，于是"居丧不居丧位"，停尸期间照
样"美食大饮"，比北方的还要不像话。随着时间的发展推移，

江南名士的放荡不羁，任涎空灵，与魏晋相比，处处有过之无不及，
差不多成了日后才子们的标签。

三

　　六朝时期是江南文人大领风骚的年代，这一段的文学史，江
南文人撑足了场面。苏东坡称赞韩愈"文起八代之衰"，我一直
没闹明白，所谓"八代"，究竟是哪八代，反正软弱的六朝逃脱
不了干系。江南文人出了几百年的风头，终于被人逮住机会好生
收拾，口诛笔伐，揍得鼻青脸肿。代表人物是唐宋八大家，他们
提倡古文，反对骈文，矛头直指六朝文风。这八大家对后世的影
响极大，只要看看最流行的《古文观止》，数一数那里面所选的
文章篇目，便可以知道厉害。

　　唐宋八大家中，没有一个江南文人。江南文人在六朝，过足
了文字游戏的瘾，骈四俪六，锦心绣口，一个个都成了花架子。"八
代"之文未必像苏东坡说得那么衰，那么一无是处，说骈文中没
有好文章，绝不是事实，但是骈文的路越走越窄，发展到后来，
完全忽略了思想意义，只去堆砌华丽的辞藻，玩弄稀奇古怪的典
故，音调声韵方面的限制越来越多，便一头钻进了死胡同。

　　政治上，江南在此时已失去了领导地位。隋朝的建立，标志

着黄河流域的汉人重新一统天下。六朝的都城南京，被隋文帝下令放火烧掉，江南的政治文化中心地位，转眼间灰飞烟灭。从统治者角度出发，既然黄河文化的地位已经确定，具有挑战意味的长江文化，便是一种不安定因素，必须扼制和制裁。走向末路的六朝文学传统，在隋唐遭到痛击，这是历史必然，然而作为一种文学传统的影响，却仍然贯穿了整个唐朝。韩愈和柳宗元的古文，并没有一下子就扭转了骈文的地位，韩柳在当时的影响和地位，远不如后来。他们只是开始，古文运动真正成为气候，还得等到北宋，到欧阳修王安石以及苏氏三杰手里，这才轰轰烈烈，从此逐渐称霸文坛，一直熬到五四新文化运动。

江南文人在隋唐以及北宋，实在没有什么太大的作为。经济上，江南似乎再也不会萧条，已成了名副其实的鱼米之乡，但是文化上又不得不仰望北方。唐诗中并不缺乏江南人，大诗人几乎和江南无缘。根据《中国大百科全书》的人名统计，唐朝人才分布的比例，排名前五的是陕西、河北、河南、山西、山东。江苏虽然排名第六，其实是中间包含苏北的缘故，像徐州，完全应该算作北方。至于浙江，竟然排名于甘肃之后，差不多只是排名第一的陕西的十分之一。这个统计数据，和六朝之前的两汉大致差不多。历史绕了一个圈子，又回到了原来的起点上。

北宋的人才，自然还是黄河流域占上风。排名前几位的是河南、河北、山西、山东，唐时的老大哥陕西开始衰落，已落到长江流域的省份如江苏、四川、浙江、江西之后。值得指出的是，到了北宋期间，江西的文人迅速崛起，在人数和成就两方面，都实实在在超过了江南。唐宋八大家中，除了韩、柳和苏氏三杰，余下的三位江西人，像欧阳修王安石，都是文坛领袖级别的人物。曾巩名气虽然稍弱一点，但是他的文笔简洁锋利，像《越州鉴湖图序》，也是不可多得的好文章。古文之外，黄庭坚不仅字写得好，他开创的江西诗派风行一时，晏殊和他儿子晏几道的词，是南宋词创作大繁荣的先声。

江西文人的崛起，似乎是一个明显信号，这就是政治中心仍然还在北方，由于经济的原因，文化中心已经向长江流域倾斜。江西文人加上江南文人岭南文人，已是一股不可小觑的力量。随着北宋的崩溃，南宋定都杭州，汉文化的中心又一次完全转移到南方。江南文人扬眉吐气的日子终于来了，有人对《宋史》中的儒林人物进行统计，浙江一跃为首，遥遥领先于其他各省。不仅是儒林，当宰相的，写词的，绘画的，都是第一。

三十年河东，三十年河西，宋朝南迁，和西晋东移原因差不多，结果也有很多相似。都是失败的大逃亡，骨子里都缺钙，都有软骨病。江南文人似乎只有处在尴尬的地位上，才有大显身手的机会，而后人探讨"国民性"，检讨中国人的种种毛病，追溯其源头，大都喜欢从宋朝南迁开始。到二十世纪三十年代，罗家伦在南京就任中央大学校长，在演说中，提出了"诚，朴，雄，伟"的学风，所谓雄，是"要纠正中国民族自宋朝南渡以后的柔弱萎靡之风"，换句话说，就是要补钙，要治软骨病。

江南文人在南宋时期，并没有走六朝文人的老路，历史不可能简单重复。江南文人中，既出秦桧，也出陆游这样的爱国诗人。爱国诗成了江南文人创作的重要主题。南宋诚然无法和大唐相比，宋诗当然没有唐诗的雄浑，但是宋人用自己的脚，走出了新路。宋诗自有文学史上的独特地位，这一点，钱锺书先生的《宋诗选注·序》评价最为精确。南宋军事上算不上强大，文化艺术却不能不说厉害，宋词前无古人后无来者，音乐绘画都达到了前所未有的高度。江南文人此时已羽翼丰满，不是一句"江郎才尽"能轻易打发。

宋以后的江南文人，差不多成了一支职业军团。能插上一脚的地方，都能见到江南文人忙碌的身影。官场上，有各种大大小小的俗吏，得志的和不得志的，挤成一团。风月场合，酒楼妓院，达客贵人的府上，富商的后花园，江南才子们大显身手。写诗，填词，玩小曲，画几笔文人画，编几出传奇剧，江南文人一个个都是才子，在家是有名的居士，出家是有名的高僧，而且天生适合帮闲的角色，做清客，做讼师，做慕僚，甚至做账房先生。

　　按照唐宋八大家的思路，江南文人大都不能及格。然而江南的文人实在太多，真正继承唐宋八大家衣钵的传人，仍然出在江南。明朝的归有光、唐顺之，为维护古文运动的正宗地位，不懈努力，终于成了地道的八大家弟子，成为后来风行一时的桐城派的师宗。他们不仅在维护古文运动方面立下了汗马功劳，在八股文方面，也成为一代俊豪。我对八股文没什么深入了解，只知道归、唐二人的八股文写得很漂亮。古文名家中，许多都是八股文的高手，八股文和骈文一样，似乎也不该一笔抹杀。

　　归有光和唐顺之是江南文人中很不错的代表，他们把唐宋八大家的文章抬到了吓人的高度。就影响而论，八大家只是后劲大，是因为不断地有人吹喇叭抬轿子，才逐渐成为气候，其实在当时也就那么回事，完全不像后人标榜的那样。古人的包装和今天不太相同，那时有时间差，弄不好要隔好几百年。韩愈在世的时候，并没有几个人说他的文章好，他的地位是隔了一个朝代的欧阳修和苏东坡硬捧出来的。即便这样，韩愈文章的高度也不是一步到位，在明初的文坛，"文必秦汉，诗必盛唐"，此时要说八大家的散文好，绝对会得一个没文化的罪名。唐宋八大家如雷贯耳，成为中国古代散文的正宗，这是后来的事情，是归有光、唐顺之他们闹的结果。

　　我一度对归有光很入迷，对《项脊轩志》和《寒花葬志》百读不厌，那时候还不知道他是八股文高手，只知道他考场并不得意，很大年纪才考上举人，之后玩命考进士，可怜考了八次，也没考上，于是赌气不考了。倒是他的弟子在科场很得意，福星高照，一考一个准，归有光在文坛上有那么大的名，似乎也和那些得意弟子有关。师出名门这是个惯例，水涨船高，师徒之间可以相互照耀，相互沾光。我因为归有光的关系，才去读八大家的散文，读了八大家，再读《史记》，已经是拜访老师的老师。按师承关系去读书，有时候是一件很有趣的事情，钱锺书先生曾举过一个著名的例子，如果喜欢鸡蛋，没必要去研究下蛋的母鸡，可是人有时候就喜欢做没必要的劳动。

　　江南文人丰富多样，自古文人都是要相争的，派系观念因此很强，无论抬高还是贬低，都免不了意气用事。好在江南文人人数众多，宋以后的历次文学运动，差不多都能插上一脚，占些位置。事实上，真正能把文人集合起来的也许只是科举，文风是一回事，诗歌流派是一回事，考场这一关谁也逃脱不了。考试让人到了同一起跑线上，大家不得不对是否金榜题名心服口服，科举是文人的唯一出路，是否有功名便成了衡量一个人成就的绝对标准。这标准横行了几百年，辛亥革命推翻了封建王朝，遗老们谈起革命党来，有两个江南文人的印象总算不太坏，一个是蔡元培，另一个是吴稚晖，印象不坏的原因是这两位有举人的头衔，是有功名的人。

　　江南文人在明清两朝科举中，如鱼得水，取得了骄人成就。江南出文人，首先表现在科举上。逐鹿中原，舞枪弄刀，这不是江南才子们的强项。才子的刀枪是手头的一支秃笔，这支笔未必能得天下，却可以捞个官做，混碗饭吃。学而优则仕导演了一场和平的战争，不流血，一样刀光剑影。《儒林外史》第一回"说楔子敷陈大义，借名流隐括全文"中，王冕一边喝酒，一边指着天上的星对人说："你看贯索犯文昌，一代文人有厄。"贯索和文昌是两个不同的星座，贯索有九颗星，象征牢狱，文昌有六颗星，如半月形，被认为是主持文运，贯索犯了文昌，天下的文人便要倒霉。王冕说的厄运就是科举，他听到这消息，第一个反应是要坏事，因此不无担心地预测："这个法却定的不好，将来读书人既有此一条荣身之路，把那文行出处都看轻了。"

　　明清两代，一是汉人统治，一是满人当权，就科举而言，大同小异，是一丘之貉。江南文人成了应试的常胜将军，在明代，浙江和江苏能入《明史》的列传人物，占据了前两位，进士及第人数分获第一和第三，中状元的人数占第一第二。到了清朝江浙两省势头更猛，尤其是江苏的苏南，已明显超出自宋明以来，一直排名于前的浙江。清朝一共只有一百一十二个状元，苏南的仅苏州一府，就出了二十五人，而这二十五人，又恰好是江苏状元人数的一半，如果再加上浙江的状元，成就便更可观。

状元如此，进士及第更是大把大把地抓。江南文人在考场上证明了自己的价值，究其根源，还是和江南的经济繁荣分不开。经济是基础，有了这样的基础，读书人才有出头之日。然而经济基础和科举得意，并不能完全证明江南文人如何了不得。事实上，江南文人如果没有思想支撑，永远都是酒囊饭袋。

四

明清之际，江南文人在数量上占有绝对优势，就其品质而言，江南文人能让后人立为楷模的并不太多。科举制度从明朝开始步入极端，一部《儒林外史》便是最好的记录。明太祖朱元璋和他的儿子明成祖，政治上是一流好手，对待知识分子，总有点格格不入。或许是出身的缘故，这两位大明的皇帝最容不得文人的傲气，作为天子，他们喜怒无常，拿文人当人时，"金樽相共吟"；不当人时，说翻脸就翻脸，动辄"白刃不相饶"。明初著名的诗人高启，因为两句"小犬隔花空吠影，夜深宫禁有谁来"，引起朱元璋的猜疑而被腰斩。另一位名气不太大的诗人，在谢明太祖赐食的诗中，写了几句"金盘苏合来殊域，玉碗醍醐出上方"，"自惭无德颂陶唐"，其中一个"殊"字，被拆解成"歹朱"无德，于是推出斩首。

明成祖杀文人比其父更狠更残忍，方孝孺一案，株连九族，为了方孝孺曾说过一句"即便是株连十族又何妨"，于是朱棣为成全一个"十"，又滥杀了方孝孺的学生。在统治者高压政策下，无权无势的儒生寒士，只能噤若寒蝉，无所作为。从大趋势上看，江南文人的黄金年代是明末清初，这一时期的大动乱，知识分子获得了统治阶级想管又暂时管不了的相对自由。这时候出现了顾炎武，出现了黄宗羲，明末清初的江南文人很会闹事，因为会闹，所以很热闹。以江南文人为主体的东林党，借着反对阉党起家，经过一次次的党锢，终于在晚明时成了气候。

东林党人第一次有组织地体现了江南文人的力量。晚明的士风，不外乎两条道路，一是醉生梦死，腐化堕落，以出世态度远离官场，所谓张岱的"好精舍，好美婢，好娈童，好鲜衣，好美食，好骏马，好华灯，好烟火，好梨园，好鼓吹，好古董，好花鸟，兼以茶淫橘虐，书蠹诗魔"，在这一条路上，出现了写和读《金瓶梅》的文人。另一条路是入世，读书致用，学而优则仕，前有东林，后有复社，崇祯年间，复社成员曾在南京、苏州两地碰头多次，根据当时留下的与会名单，共有两千零二十五人参加了聚会。这么大的规模，似乎也可以作为资本主义的萌芽来考察，同志一词，也就是在那时开始流行起来，"出处患难，同时同志"，复社雅聚的直接目的，是为了制止阉党余孽的猖狂进攻，这一目的，当时确实已经达到。在晚明，东林和复社俨然成为革命组织，江南文人皆以是组织中人引为自豪。

江南文人在明末清初这一特定历史阶段，表现得很暧昧。大敌当前，亡国差不多已成事实，无论是阉党，还是复社，党争代替了团结一致御寇，涉嫌报复成了一种公开的手段。《桃花扇》以戏曲的形式，记载了当时的尖锐冲突，失势的阮大铖企图讨好复社成员侯方域，结果遭到了李香君的怒斥。和江南文人相浮相沉的秦淮八艳，旗帜鲜明地站在反对阉党的一边，这种冲突导致了阮大铖后来对复社成员的残酷迫害。清军入关以后，一度处于劣势的阉党余孽马士英和阮大铖，一度把持了南明小朝廷，为了排除异己，马阮之辈借口复社中有人参加过大顺农民军，因此制造了"顺案"。国家都到了这一步，还是闹，临了真把国家给闹亡了。

亡国了，何去何从，大是大非，活生生地就摆在面前。虽然结果证明，所有的抵抗都是徒劳，仍然有一些江南文人参加了抵抗运动。黄淳耀和侯峒曾坚守嘉定，陈子龙和夏允彝起兵松江，顾炎武和吴其沆在昆山举事，仅仅从军事的角度出发，这些抵抗无济于事。秀才碰到兵，有理说不清，亡羊补牢已经来不及，但是江南文人表现出的这种姿态，怎么说也是一个亮点。可惜这些亮点稍纵即逝，接下来的表现便太令人失望。明亡于清是中国历史上的大事，对于清帝国来说，它不过是摘了一个熟透了的桃子，是水到渠成，顺理成章。明朝的统治阶级自毁长城，自己挖了自己的墙角，阉党弄权，党争不断，江南文人以及整个中国文人的颓废倾向，饥荒遍地，农民起义此起彼伏，于是好端端的汉人天下，落到了满人手里。撇开狭隘的汉民族正统观念，明亡于清其实是历史进步。晚明是一个无法收拾的烂摊子，以亡国的必然性而言，明朝的崩溃在劫难逃。大声疾呼"国家兴亡，匹夫有责"的顾炎武，虽然提出了警告，似乎也没有起到多大作用。

> 有亡国，有亡天下。亡国与亡天下奚辨？曰易姓改号，谓之亡国；仁义充塞而至于率兽食人，人将相食，谓之亡天下。
>
> ……是故保天下，然后知保其国。保国者，其君其臣肉食者谋之；保天下者，匹夫之贱与有责焉耳。

对于后人来说，明亡于清，有两点痛心疾首，对于老百姓，连年战乱，家破人亡妻离子散，天下已亡，国何以堪。对于知识分子，除了普通老百姓的痛楚之外，还有一个逐渐丧失思想自由的过程。明末清初的江南文人，思想十分活跃，明朝亡了，思想自由的惯性仍然存在。清政府在一开始，对江南文人多少有些放纵，和明朝初年的两位皇帝相比，清初的几位皇帝肚子里更有文化，虽然是满人，他们的汉学基础以及对传统文化的认识，要比朱姓皇帝高明不知多少。正是因为高明，一旦着手收拾江南文人，一下子就能置于死地。

用不着苛求江南文人的亡国责任，要检讨的只是江南文人身上固有的软骨病，这种软骨特征，不仅表现在抵抗无力，更表现在经不起读书做官的强烈诱惑。明末清初的江南文人，并不缺乏不怕死的义士，但是不怕死，并不能说明就能抵挡得住官场的诱惑。迫切地想当官是文化人的死穴，中国历来讲究学而优则仕，学而优当官本来是个好传统，和世袭制度相比，让读书好的人处在领导岗位上，总比靠前辈的福荫好得多。因此，在一方面，中国科举制度的功劳不能一概抹杀，富不过三代，万般皆下品，唯有读书高，读好了便有官做，这是最公平的竞争。然而，在另一方面，僵硬的科举让读书人都读傻了，学而优则仕走向了反面，成了读书人只有做官这一条路。

清朝的科举和明朝如出一辙，仅此一项，江南文人对于亡国的惨痛，就抚平了一半。亡什么国，不就是改朝换代，那时候的文人，虽然不至于说满人不是汉人，也是中国人，因此大好河山落在清人手里，不能算是亡国，但是"六年忠义好凄凉，一阵夷齐下首阳"之后，清朝统治者恢复科举，读书人眼见着出人头地的日子又来了，于是一个个"身上安排新顶戴，胸中整顿旧文章"，又神气活现地出现在考场上。满人不仅在军事上彻底打败汉人，也用官场的乌纱帽为鱼饵，将汉人完全制服。

江南文人中，有一些人讲究民族大义，也有不少人当了汉奸。在明末清初，并非只有投降这一条道路，像顾炎武黄宗羲那样铁了心做遗民，也没有多少性命之虞，可是科举的诱惑，牵着江南一些文人的鼻子，在这条小道上一路走到黑。前面已经说过，秦淮八艳之成名，和江南文人的交往分不开，譬如李香君的养母贞丽，不仅"有侠气，尝一夜博，输千金立尽"，而且"所交接皆当时豪杰"，因此有其母则有其女。后人力捧秦淮八艳，要害就在于说明江南的一些文人缺钙，到关键时候，只注意到了生前，已顾不上身后，甚至这民族大义，都忘得干干净净，临了，连秦淮河边的风尘女子都不如。遥想当年，东林党人和魏忠贤的阉党斗争，复社党人大骂阮大铖，即所谓轰轰烈烈的"南都攻阮"，他们的集会地点往往是在妓院。那时候，这些人是如何的光明正大，如何的正气凛然。他们能打动秦淮河边妓女的法宝，不是大把大把的银子，而是疾恶如仇的一股正气。

江南文人感到无地自容，是他们和阉党斗争了一辈子，结果在科举这根指挥棒的调度下，不仅和阉党中人一起携手走进考场，而且把当年的根深蒂固的党见分歧，也一并带入清朝官场。清初的几位皇帝眼里，汉人的党争十分可笑也十分可恶，党人们相互勾结，相互排挤，"人人各亲其亲而私其党"，解决这种结党营私的最好办法，就是把天下智谋之士都掌握在自己手中，让他们狗咬狗，自相残杀。江南文人和阉党的斗争，某种意义上来说，也是南人和北人的斗争，在最初的较量中，江南文人又一次堕入下风。譬如代表东林和复社党人的陈名夏，丢人也算丢到家，先是明朝的探花，有着不算太小的官衔，李自成入京，俯首称臣，清兵入关，又俯首称臣，是标准的奴才坏子。他在清初也算一名得到重用的汉族大臣，是江南文人在清廷中的一面旗帜。而他昔日的对头冯铨，作为阉党和北人的代表人物，同样也是清朝的重臣。陈名夏竭力替主子卖命，吃辛吃苦地干了好多年，然而在讨论汉人是否留辫子时，为一句"留发复衣冠"，竟然谪戍充军，另一说法更惨，是索性掉了脑袋。

五

　　江南文人在清朝开国初年，还真捞到了一些做官的机会。满人是征服者，一个个都是马上英雄，喜欢打仗，好武功非文治，对于具体的管理事务，有些不耐烦。"明季失国，多由偏用文臣"，满人为了吸取这一教训，不屑于做那些婆婆妈妈的事情，因此有关管理方面的琐事杂务，便让投降的汉臣去做。他们既然当了主子，免不了要多招收些奴才。江南文人如鱼得水，成群结队地到清朝的官场里去打工，是人是鬼，赶紧捞个一官半职。

统治者收拾文人，本来是迟早的事情，翻开中国的历史，不收拾文人反倒是桩怪事。江南文人翻不了天，翻不了，也要收拾。在清人眼里，和元朝的蒙古人一样，中国人大致也可分为四等，汉人中的北人和南人，分别被列在最后两等，而南人是最心怀叵测的。清统治者对待江南文人，先是放纵，暂时不管你们，然后按部就班，一步一步了结。在明末清初，江南文人多少还有些傲气，清朝逼顾炎武出来做官，一而再，再而三，他就是不肯出山，不出山也没怎么样。许多人当了遗民，清朝皇帝网开一面，心里有火也先憋着，急着要做的事太多，还顾不上这些。

清因明制，恢复了科举，江南文人从羞答答，逐渐过渡到神采飞扬地走向考场。清朝皇帝终于找到了收拾江南文人的机会，顺治十四年，南北两个考场都出现了作弊现象，于是引起了科场大狱。贿通试官，卖买关节，这本是明朝留下来的陋习，可是此时却给了清政府最好的借口，正好用来打击汉族士子的气节。汉人总是觉得自己了不起，了不起却又要忍不住考场作弊，还有什么气节可言。这一次科场大狱，牵连之广，杀头和流放之多，创中国有史之记录。被杀头的大都是主考的考官，而参加考试的众多举子，一个个也人人自危，惶惶不可终日。为了鉴别是否作弊，要进行当堂复试，复试不合格就有作弊之嫌，就得治罪。仅此一个刺刀下的当堂复试，读书人的"士风士气"，便"荡扫无遗"。

江南文人引以为豪的那种气节，南都攻阮时的团结，松郡起义时的豪迈，仿佛让人迎面扇了个大耳光，顿时无影无踪。总算还有一个叫吴兆骞的，在复试时，多少有些骨气，没有尿湿裤子。当时，凡有通关节嫌疑的举子，都聚集在中南海的瀛台，在皇帝的眼皮底下当堂复试。谢国桢在《清初东北流人考》一文中，曾描述了当时的情景：

> 复试时举子仍是带着刑具，和犯人一般，每举人一名，命护军二员，持刀夹两旁作严厉监视，与试的举子，悉惴惴其栗，几不能下笔，如何能做得起文章。汉槎很愤慨地说："焉有吴兆骞而以一举人行贿的吗？"遂交了白卷，皇帝自然要生气，凡不中试的举人，都把他们打了四十大板，充军到宁古塔去！并且把他们的父母兄弟妻子都连同谪戍，这样子看他们还胡闹不胡闹。

汉槎是吴兆骞的字，他是江南吴江人，少年得志，恃才傲物，曾对当时极有文名的汪琬说："江东无我，卿当独步。"早在参加科举前，吴兆骞就是赫赫有名的人物，明亡之后，他现成的大名士做得有些不耐烦，出山应江南乡闱，本意是想随手捞个官做做，不料竟遇上了奇祸，流放东北。东北虽是满人发迹的地方，但是在当时却非常荒凉，对于一个习惯于江南生活的人，北国的天寒地冻，真把他折磨得够呛。如果说在复试时，吴兆骞身上多少还体现了一些江南文人的名士气，流放数年之后，他除了可怜巴巴地盼着返回老家，已经没什么别的奢侈的欲望。吴兆骞在关外待了二十三年，终于得到皇帝的恩准，带着老婆白首同归。据说吴兆骞写的一篇祭长白山赋，以其文字瑰丽，打动了康熙。这显然是一篇拍马屁的文章，因为这篇文章，皇帝脸上露出笑容，于是大家捐款，用钱将吴兆骞从关外赎了出来。

　　去清朝的官场谋事，在明朝的遗民看来，已经是丢人现眼，吴兆骞经此一折腾，读书人的斯文彻底扫地。如果说科场之狱，只是收拾了那些有意仕途的读书人，这些人本来已经失节，是大姑娘偷人，是寡妇再醮，罹祸咎由自取，是活该，那么另一路自以为天高皇帝远，躲在江南做名士的文人，却因为几乎是同时期发生的"哭庙"事件，灾难从天而降，莫名其妙地惨遭迫害。一六六一年，顺治驾崩，哀诏到了苏州，例于府堂设幕，"哭临三日"，苏州的老百姓趁江苏巡抚在庙，借机向他请愿，要求罢免新任吴令任维初。这任维初是山西人，做了苏州的地方官，别

的能耐没有，横征暴敛却是第一等高手，上任伊始，就剖开大竹
片数十片，在尿里浸着，警告说：

> 功令森严，钱粮最急，国课不完者，日日候此，负
> 欠数金者责二十，欠三钱以上者亦如之。

这是一位偏爱打人屁股的汉人官员，喜欢打屁股，同样是明
朝的陋习。苏州人想，你又不是满人，何至于如此凶恶，大家都
是亡国奴，相煎何必这么着急。于是串通起来驱任，没想到江苏
巡抚朱国治不是黑脸的包公，恰巧是任维初的后台，这一刁状撞
到了枪口上，朱国治不帮着苏州老百姓说话，反以"震惊先帝之灵"
为由，参奏"哭庙"的人为大逆不道。本来只是一桩小事，由于
双方都是汉人，清统治者索性小题大做，把那些早就想收拾的另
一路江南文人，狠狠惩膺一下。结果自然是杀头，不是杀一个人，
而是杀一连串。这一连串中，最知名的就是批《水浒》的金圣叹。

金圣叹是江南才子的一个典型，他身上洋溢着的名士气，直
到今天仍然为人津津乐道。明亡后，他不得已参加会试，以"如
此则心动乎"为题作文，篇末竟然敢这么写：

> 空山穷谷之中，黄金万两，露白葭苍而外，有美一
> 人，试问夫子动心否乎？曰：动动动……

　　他一口气连写了三十九个"动"字，这样的卷子自然不可能中。明末清初确实有这么一帮文人，亡国似乎和他们也没什么太大关系，只是终日兀坐，以读书著述为务。据说金圣叹最喜欢屈原，平日以《离骚》为下酒菜，一边高声朗读，一边尽情喝酒，醉则须眉戟张，遇到贵官豪绅，嬉笑怒骂以为快事。金圣叹的文字挥洒自如，独出腔调，在明清小品中别具一格，而所批的"六才子书"，即《离骚》《庄子》《史记》《杜诗》《水浒》《西厢》，其批评方法，明快如火，惊才绝艳，在中国的文学批评史上也独树一帜。

　　然而统治者不会把金圣叹的那点文字把戏放在眼里，江南文人以才傲物，清朝的皇帝早就不耐烦。金圣叹在"哭庙"案中，完全是被动牵连，最初被捉的十一名主犯中并没有他。实事求是地说，"哭庙"一案，确有借机闹事之嫌，金圣叹根本算不上什么幕后主谋，但是上面既然想收拾你，也就无处可逃。他被押到南京，不问情由，先吃两夹棍，然后三十大板，立刻皮开肉绽。事情闹到了这一步，他自知活不了，给家人写了一封信，说：

　　　　杀头至痛也，籍没至惨也，而圣叹以无意得之，不亦异乎？若朝廷有赦令，或可相见，不然，死矣！

　　金圣叹糊里糊涂地丢了脑袋，死到临头，他仍然没有忘了幽默。值得挂上一笔的是，在"哭庙"惨案中处于对立面的两位昏官，临了也没有好下场。朱国治后来去了云南，以刻剥军粮，将士积忿，"乃脔而食之，骸骨无一存者"。任维初也因为犯了别的案子，被判杀头，行刑地点正好和金圣叹相同，是南京的三山街。笔记上有两则金圣叹临刑前的描写，一是他昔日想批佛经，和尚说，我出个上联，你若能对上，马上拿出佛经来让你批。和尚出的上联是"半夜二更半"，金圣叹听了，江郎才尽，怎么也想不起下联，结果在临死前，正值中秋，倒让他想起了一个绝对，是"中秋八月中"，连忙要儿子去告诉和尚，可惜对联对上了，想批佛经也没时间了。另一则更神，说刽子手刀都举起来，他突然喊慢，说有话要对儿子说，儿子跑到他跟前，他用耳语悄悄说："豆腐干与虾仁一起细嚼，有火腿味。"说完从容就义，他那宝贝儿子想半天，不知道这话是什么意思。

有人还杜撰了金圣叹临刑前口占的一首诗，虽然是瞎编，却也有几分他的玩世不恭腔调：

> 天公丧母地丁忧，
> 万里江山尽白头，
> 明日太阳来作吊，
> 家家檐下泪珠流。

六

清统治者用汉人收拾汉人，一箭双雕，收到极好的效果。科场舞弊事发，是行贿的举子因为没有兑现考中，自己觉着吃亏喊冤闹出来的，"哭庙"案从表面看，也是汉人之间的争斗，是汉人压迫汉人的结果，清统治者无形中成了主持正义的法官，似乎很公正，不偏不倚，被杀的人也只好捏鼻子。科场和"哭庙"两大案，敲响了江南文人自由时代结束的丧钟，接下来便是更进一步的文字狱，一桩接着一桩，此起彼伏，动辄大动干戈，譬如庄氏的《明史辑略》案，被缚者数百，杀头七十余位，江南文人从此水深火热，是进亦忧，退亦忧，稍有不慎，便有杀头之罪。对江南文人的控制，有一个逐渐收紧的过程，在一开始，很多人认为只要明哲保身，看准了，捞一把，混个大官小官做做，或者索性清高，惹不起，躲起来，就不会有什么事。事实却证明书生之见，不仅可笑，而且危险。重温历史，有时候不能不为明末清初的江南文人感到遗憾。江南文人作为一个群体，在这个时代，思想特别活跃，文化异常发达，虽然不是什么盛世，但是对于渴望自由空气的文化人来说，却真是一个十分难得的机会。

明末的东林和复社，与阉党展开殊死决战，其进步性不言而明，可惜，过多的结党结社，使得小团体大行其道。如果说早期的结合还是同声相求、同仇敌忾，到后来，便是纯属附会风雅，拉帮结派。由于今天所能见到的材料大都是东林和复社党人自我标榜的文章，所以轻易不太可能看出他们当时有什么不妥。其实仔细考察，便可以知道当初的所谓结社，最初的目的只是为了应付考试，猎取功名。说穿了，不过大家凑在一起学习经义，揣摩风气，为了有更好的机会捞个一官半职。为出仕读书已经成了一剂毒药，这就是为什么明亡之后，会有那么多党人先投李自成的大顺军，继而又跑到清人那里去做官。

官场的诱惑深深伤害了江南文人的灵气，奔走经营，争官夺利，往往混淆了是非，颠倒了黑白。有些人似乎明白这种弊端，因此一味地清高起来，或寄情于山水，或闭门不出，两耳不闻窗外事，声色犬马，管他亡国不亡国。明末清初的这些江南文人，或进或退，都有严重问题。进则厕身官场，结党营私，同流合污；退则隐居江湖，逍遥逃避，醉生梦死。江南文人似乎始终找不到理想支柱，找不到精神上的最后寄托。当国家这台机器一步步失去控制，作为先进的知识分子群体，在这种历史性的崩溃面前，江南文人中的多数，不仅无能为力，更糟糕的是没有任何作为。

江南文人引以为自豪的，绝不是出了多少个状元，封了多少名宰相，有很多人得意于仕途，驰骋大大小小的官场，也不是因为有了东林党，有了复社，出了很多风流才子，潇洒于秦淮河畔，

画舫笙歌，酒食争逐。江南文人骄傲，是因为有了顾炎武，有了
黄宗羲。在这样的乱世中，依然能有几位保持头脑清醒的文化人，
江南文人才不至于一下子完全被人看扁。因为有了顾炎武和黄宗
羲，江南文人一下子增加了许多亮色。限于篇幅，这里只谈顾炎武，
作为明末清初最杰出的江南文人代表，顾炎武的影响，绝不局限
于所生活的那个时代。事实上，顾炎武当时的影响也许并不能算
太大。他关于亡国和亡天下的议论，同时代未必有多少人知道，
知道了也未必肯听进去。顾炎武既不是东林党的领袖，也不是复
社的盟主，更谈不上执文坛之牛耳。明末清初，名声更大的应该
是钱谦益，是陈名夏，是吴伟业，可惜这些人都名列《贰臣传》，
丢人现眼，遗臭后世。顾炎武没有什么了不起的功名，学而优则
仕这条路和他无关，然而他一生中，可圈可点的事迹实在太多。《辞
海》关于顾炎武有这么一段记录：

> 　　学者称亭林先生。少年时参加"复社"反宦官权贵
> 斗争，清兵南下，嗣母王氏殉国后，又参加了昆山、嘉
> 定一带的人民抗清起义。失败后，十谒明陵，遍游华北，
> 所至访问风俗，搜集材料，尤致力于边防和西北地理的
> 研究，纠合同道，不忘兴复。晚岁卜居华阴，卒于曲沃。
> 学问广博，于国家典制、郡邑掌故、天文仪象、河漕、

兵农以及经史百家、音韵训诂之学，都有研究。晚年治经侧重考证，开清代朴学风气，对后来考据学中的吴派、皖派都有影响。

顾炎武是中国历史上，真正承前启后的人物。他的著作等身，为后人所熟悉的有《日知录》《天下郡国利病书》《肇域志》《音学五书》《韵补正》《亭林诗文集》等。一个人能写一大堆书，不稀罕，关键在于是什么样的书。顾炎武的学识和宋朝开始流行的理学不一样，不是如程门师徒雪夜相对静悟出来的，而是靠自己的双脚，脚踏实地到处调查研究，然后才变成文字著作。顾炎武曾批评过当时的信口空谈，认为世人所谈论的时髦理学，其实只是一种禅学，不货真价实地取之经书，而是依靠一种偷懒省事的"语录"。利用前人的只言片语，做出后人自说自话的全新解释，这种学风正是顾炎武力图要改变的，全祖望《亭林先生神道表》谈到顾氏如何做学问，这样写道：

遍游边塞之区，游历所至，二马二骡，载书自随，遇边塞亭障，必呼老兵退卒，问其曲折，与平日所闻不合，即于坊肆中，发书对勘。故于山川险要，皆经目击，因能言之了如指掌。

曹聚仁在《中国学术思想史随笔》谈到顾炎武，也就着全祖望的思路，进一步发挥：

> 倘若经行平原、大野，没有可以留意的地方，便在马上默诵经书注疏。他又喜欢金石文字，一走到名山、巨镇、祠庙、伽蓝所在，便探寻古碑遗碣，拂拭玩读，钞录大要。他所著述的，都是他自己旅行行中实地勘察所得的资料，和一般人的闭门造车，过蠹鱼生活的大不相同。

顾炎武的学问人格，也让清统治阶级垂涎，这是一块顽固不化的石头。为了巩固统治，清政府开设"博学鸿词科"，想把像他这样的优秀人物，统统招入自己的人才库备用。但是，顾炎武拒绝了一切诱惑，软硬不吃，既没有恃才傲物，趁机要个好价钱做官，也没有志灰心馁，遁身山林，做出世的大名士。冒杀头的风险，他大讲经世致用之学，奔走南北，与明遗民在一起，随便发表政见。他的一腔正气，与日月同在，与山河并存。所有这些，清政府不仅不加以干涉，还由当时的陕西提督张勇的儿子出面，向顾炎武请教学问，并想刻他的著述。清统治者向来不把杀人当回事，尤其不在乎杀文人，偏偏对于顾炎武，却保持了最大克制。

一直到他已经七十岁，清政府仍然不忘拉拢引诱，顾炎武义正词严地说：

> 七十老翁何所求，正欠一死，若必相逼，则以身殉之矣，一死而先妣之大节愈彰于天下，使不类之子，得附以成名，此亦人生难得之遭逢也。

清政府对待顾炎武，总算是明智的。"刀绳俱在，无速我死"，顾炎武视死如归，统治者也无奈他何。杀一个顾炎武有何难，他的精神既然已经存在，肉体上的消灭也就失去意义。顾炎武为江南文人做了最好的表率，是后来一切读书人的楷模。还是前面已经说过那层浅薄的意思，因为有了顾炎武，因为有了顾炎武开创的学风，江南文人活着，多少还有些奔头，好歹还有些出路。从发展的眼光来看，朝代更迭有时候并不是一件最坏的事情，可怕的是亡天下，天下若要亡，这世界便到了末日。

江南文人在明末清初或进或退的两种表现，经过清统治阶级的严厉打击，得到了最有效的扼制。在强权政治面前，江南文人似乎再也潇洒不起来，为了保住自己可怜的脑袋，开始做起死学问。这是坏事，也是好事，做死学问的直接结果，就是造成了乾嘉学派的横空出世。江南文人在清代三百年的学术思想史中，又一次体现了人多的优势。平心而论，清朝比明朝好得多，清朝文章学术之盛，集中国几千年封建社会之大成，"汉唐以来，未有其比"，诗、词、小说、古文、小学、天文、地理、水利，都是前朝所不能比拟，而这种繁荣，江南文人功不可没。

　　清朝的文化繁荣，可以和欧洲的文艺复兴相比美，这是一个值得深思的现象。中国的封建社会，最出色的应该是大清帝国，它创造了前所未有的辉煌。清朝的崩溃是因为遭遇了资本主义，这是江南文人做梦也不会想到的事情。为什么文化人失去了思想的自由，依然能够带着镣铐取得那么好的学术成就？后来学者应该常常扪心自问。江南文人的地位，是明清两代奠定的，而清代的学术思想，其实是对明代学风的否定。清代的江南文人，给他胆子也不敢搞小团体，结党营私既然是死罪，老老实实地待在书房里做学问，就是很自然的事情，死学问有时候也可以做活。在官迷心窍方面，清朝文人要比明朝文人有节制得多，起码在鸦片战争之前是这样。同样，在放浪形骸方面，清朝文人相差得就更远。正如有人评价的那样，明人飘逸不羁，不认真，是浪漫主义；而清人则拘谨严肃，喜欢一板一眼，是古典主义。

　　清朝的学术是明朝学术的反动，正是这种反动，成全了江南文人。江南文人在清朝的学术思想方面，占有十分重要的地位，譬如吴学，譬如浙东学派，此外，像皖学和扬学，无论从地理概念，还是从学理思路，和江南文人都一脉相承。清朝的江南文人很少有像明朝的名士那样，流连在秦淮河畔。唐伯虎、秦淮八艳、《板桥杂记》，这都是明人的故事，它们伴随着民间的加工夸张，构成了一幕幕虚幻的风流传奇。然而，风花雪月远不是江南文人的真相，江南才子在清季没有那么多的风流韵事，有的只是不堪回首的文字狱，没完没了的腥风血雨。清人因祸得福，死学问做成了真学问，这种真学问是有惨重代价的。

江南文人是一个说不完的话题。《诗经·周南·汉广》上曾说："江之永矣，不可方思。"这里的"永"比较容易解释，是长的意思，而"方"则有些分歧，一说为竹木编成的筏，在这用作动词，翻译成大白话，就是坐着竹筏也到不了尽头；另一说是"周匝"，意思是环绕，遇小水可以绕到上游浅狭处渡过，而长江太长，不可能绕匝而渡。这两种说法都有来头，也许都对，也许都不对。不管怎么说，江之永矣，不可方思，描写了一个男子追求爱情的失望心情，这一点大致错不了。江南文人的话题很长，有些话还是留着以后再说。通常情况下，追求爱情和追求真理相仿佛，对江南文人的描述，最后只能是不了了之。

横看成岭侧成峰

小时候看外国小说，都是混杂在一起的。外国小说是一个整体，是一大排书，没什么这国家那国家的区别。我们家的书特别多，有好几个大书橱，从识字开始，我就习惯去琢磨那些外国的人名书名。中国人形容黑暗有句俗话，叫"伸手不见五指"，我觉得这比喻描述自己的外国小说知识正好合适。

我一直在想，为什么中国最有想象力的一部小说是《西游记》。为什么只有在向往西方的时候，我们的想象力才会如此丰富，如此心潮澎湃。"东临碣石有遗篇"，按说面对大海，面对浩瀚的太平洋，我们的思维可以更活跃，更肆无忌惮，然而广阔的东方究竟给我们提供一些什么样的思路，除了蓬莱仙阁外，除了海市蜃楼外，我们的想象能力突然变得如此贫瘠，以至于仿造品《东游记》差不多成了一部不堪入目的作品。

与西方交流始终是中国文化面临的大问题。即使一个不熟悉中国历史的人，也会很轻易明白，我们生活中的一切，都与西方分不开。我们烧香拜佛；我们吃西红柿，吃西瓜，吃西洋参；我们听胡琴，听琵琶，听羌笛；我们看电影，看电视。习惯了，也就顺理成章地变为自然。好多年前，我第一次读到奈保尔的《米格尔大街》，当时并没有想到这个人会得诺贝尔奖，我甚至都没有过分在意作者的国籍。对于我来说，奈保尔就是一个外国小说家，不是英国，也不是西方，而是一个来自叫特立尼达和多巴哥的地方，我的地理知识甚至弄不清楚它究竟在哪个位置。这不由得让我想起童年时的外国文学态度，只要明白它不是中国就行了，它是一个和我们完全不一样的"外国"。

　　读者对外国小说有一种自然而然的宽容，我们可以用一种与己无关的心情把玩。事不关己，高高挂起。《米格尔大街》并没有给我带来什么意想不到的惊喜，也许是有足够的阅读经验，我首先感到的并不是它的独创，恰恰相反，我感到的是它的熟悉，虽然是本新书，感觉却好像是旧的。文学艺术不只是喜欢新鲜的陌生，有时候也愿意遇到一些熟悉亲切的老面孔。换句话说，让我感到最满意的是它是一本很不错的外国小说。对一个读者来说，外国小说有好有坏，《米格尔大街》恰好属于好的那一类。

　　《米格尔大街》很容易让我想起一连串的美国小说，譬如安德森的《俄亥俄·保士温》，很抱歉不知道流行译本应该怎么翻译，因为我手头只有这本由吴岩翻译、晨光出版公司 1949 年出版的老书，已经被老鼠咬得伤痕累累。我还想起了海明威的《在我们的时代里》，同样是晨光出版公司的书，它的译者是马彦祥。当然不会漏掉吕叔湘先生翻译的《我叫阿拉木》，作者是美国的亚美尼亚移民，最初的译名是索洛延，后来变成了流行的萨洛扬。比较完全的一个译本是湖南人民出版社的《人间喜剧》。我并不想考证它们之间的关系，很可能一点关系都没有，我只想强调它们给我带来的相似联想。

《米格尔大街》与上述小说近似点在于，都是用差不多的角度来观察自己熟悉的生活场景。这就好比用差不多外形的玻璃瓶装酒，用不同的建筑材料盖风格相似的房子，在具体的操作上，有着明显雷同。这么说并不是恶作剧地揭秘，而是随手翻开作者的底牌。简单的事实只是，世界上很多优秀作家都是这么做的，好作家坏作家的区别，有时候仅仅在于做得好不好。鲁迅谈到外国小说的影响，曾说过他每篇小说差不多都有母本。这种惊人的坦白，说明了第三世界小说家的真相，在如何观察和表现熟悉的生活场景方面，我们都有意无意地借助了已成功的外国小说经验。不是我们不想独创，实在是太阳底下已没什么新玩意。以西方的文学观点看待文学，这话听上去怪怪的，而且有丧自尊，其实当代小说就是这么回事。我们的小说概念，差不多都是西方给的，连鲁迅他老人家也虚心地承认了，我们当小辈的就没必要再盲目托大。很显然，现代中国小说离开了外国小说，根本没办法深谈，这就仿佛在佛教影响下，我们一本正经谈禅，谈出世，因为习惯，自以为就是纯粹的东方情调，是纯粹的本土文化，其实说穿了，都是西化的结果，只不过这次来自西方的影响更早一些而已。

从《米格尔大街》到《毕斯沃斯先生的房子》，我感到最大的惊奇，不是奈保尔已获得诺贝尔文学奖，而是他的国籍，已悄悄地从特立尼达和多巴哥，改成了大英帝国。无论是翻译者，还是出版社，在写作者的身份认定上，遭遇到前所未有的尴尬。这个尴尬同样也非常客观地放在全世界的读者面前，奈保尔究竟应该算作是印度人，还是特立尼达和多巴哥人，或者说是英国人。既都是，又都不是，我们中国人可以说这根本不重要，反正他是一个洋人，用一个含混不清的"外国"，就可以轻易地将奈保尔打发了。对于我们来说，这或许只是一个困扰外国人的问题，中国人何苦再去操心。

毫无疑问，奈保尔已经成了英语文学传统的一部分。与艾略特加入英国国籍一样，奈保尔成为英国公民，这是一种文化上的归宗。在展开"归宗"这两个字之前，我想先谈谈奈保尔说话的态度。不同的态度将会产生不同的语调，在《米格尔大街》

中，奈保尔显然找到了一种属于他的叙述语调。用一个不恰当的比喻就是，童年的声音加上了中年人的目光，或者说童年的视角糅合着中年的观点。虽然奈保尔写《米格尔大街》的时候，刚刚二十二岁，但是因为有良好的文学熏陶，他的语调中已洋溢着一种饱受教育的超然。这是一个有文化的人在诉说着没文化的事情，目光冷静、清醒、无奈，因为有洞察力而一针见血，作者投身于小说之中，又忘形于小说之外。平心而论，这种写作语调本来就是天下作家的公器，只不过奈保尔利用得更好。奈保尔正是借助这部作品，找到了通往艺术迷宫的钥匙。

　　《米格尔大街》注定应该引人注目，不过他更重要的作品显然是《毕斯沃斯先生的房子》。这无疑才是奈保尔最重要的作品，说它重要，当然不仅是因为它曾选入二十世纪一百部最佳英文小说。《毕斯沃斯先生的房子》在西方更容易成为话题，对于一部重要的作品来说，话题是不可或缺的。和很多虚构作品喜欢打自传招牌一样，媒体对《毕斯沃斯先生的房子》的评价，西方或是中国，都着眼于它的纪实。我们被告知，这本书是以作者父亲为模特，反映了作者熟悉的殖民地生活。我不太清楚奈保尔本人如何表态，书一旦出版，他的解释就不重要。媒体需要话题，媒体不在乎作者怎么想。作为小说家同行，我更在乎奈保尔的叙述方式，更在乎他的态度和语调。对于我来说，小说就是小说，说到底还是一个怎么写的问题，曹雪芹是不是贾宝玉改变不了《红楼梦》。毕斯沃斯是不是奈保尔父亲根本不重要，重要的也许只是在"毕斯沃斯"这四个字后面加上了先生，我特地查阅原书名，发现"先生"两个字原来就有。读者在阅读时可能会忽视这两个字的存在，更多的是把这看成英语文学中的一个传统习惯，譬如菲尔丁《大伟人江奈生·魏尔德传》书名的原文中就有"先生"，只不过萧乾先生在翻译时省略了。

　　"先生"两个字可以产生距离，不同的"先生"将产生不同的间离效果，现代小说中，距离产生的审美效果非同寻常。我想强调的一点，在毕斯沃斯后面加上"先生"绝不是可有可无，它的意义是找到了一个合适的叙述角度，这仿佛莫言小说《红高粱》中"我爷爷我奶奶"，是为一种叙述语气定调。有了基本语调，宏大的叙事才可能产生，才可能滔滔不绝。从《大伟人江奈生·魏尔德传》到《毕斯沃斯先生的房子》，作为"先生"的这种称呼已有了一种质变的飞跃。通过这种飞跃，可以清晰地看到古典和现代之间的差异，看到小说发展的一种轨迹。虽然从外貌上看，有惊人的近似之处，可是奈保尔与菲尔丁显然是运用了不同的语调，出发点不一样，到达的目的地也不同。大伟人江奈生·魏尔德先生更像鲁迅小说中的阿Q，或许问题不在以什么人为模特儿，在于如何处理作者与这些模特之间的关系。是谁并不重要，重要的只是我们采取什么样的态度。鲁迅与我们的态度是不一样的，在传统的小说中，我们看到的是"哀其不幸，怒其不争"，我们关怀的是别人，这是传统小说中的精华，是古典的人文精神，但是在现代小说中，"不幸"和"不争"已经由别人变成了我们自己。我们不再是高高在上，我们已没有任何做人的优势可言。现代写作情不自禁地把放大镜对准了自己，对准了自己亲爱的父亲，但是，正如所有的小说都可能是作者自传一样，所有的自传也免不了作伪。奈保尔的小说魅力恰恰在于有效地利用了这种距离，远了不行，太近也不行，如果毕斯沃斯不是奈保尔的父亲，不仅失去了话题，失去了看点，更糟糕的是还会失去亲和力。无论对于作者还是读者，离开了这种亲和力，小说都会导致失败。从这个意义上来说，古典小说都是客观的，现代小说都是主观的。

小说中的真伪是个无须讨论的话题，要讨论的是作者如何驾驭真和伪。文学艺术总是力图把真实的那一面展现在世界面前，假作真时真亦假，小说中的假往往是体现艺术之真的最有效手段。即使毕斯沃斯先生百分之百是奈保尔的父亲，因为在后面加了"先生"两个字，主观和客观之间的比例，已完全发生了变化。对于一个儿子来说，直呼父亲的名字，和父名后面加上先生，有着明显差别，如果不能仔细体会这种差别，就很难把握作者的苦心孤诣。因此，"先生"两个字绝不是什么可有可无的后缀，更不是随随便便的神来之笔。在父亲的名字后面加上"先生"，事实上就是给父子之间的亲和力加上一层隔膜，这层隔膜起的作用，从某种意义上来说，正如作者描写米格尔大街上的芸芸众生一样，总是隔着一定距离去写。不识庐山真面目，只缘身在此山中，奈保尔并不一定知道中国这句著名的古诗，然而他在写小说的时候，显然明白诗中的哲理。

奈保尔的叙述方式既古典又现代，既符合世界文学的优良传统，又因为自身的努力探索，发展和丰富了世界文学。他的尝试，实际上是所有第三世界作家应该做的事情。当然不是指文化上的简单归宗，而是如何准确和有效地展现我们自己世界的精神面貌。文学说穿了就是一种态度，一种准确和有效的表达方式。奈保尔以西方人的眼光来看待自己的生活，换句话说，用西方人的观点说殖民地故事。有意无意之间，他的作品不可避免地反映了落后的一面，暴露了愚昧，暴露了黑暗，揭示了缺少现代教育的真相。奈保尔的艺术实践带来了一个直接后果，这就是西方人看到了奇风异俗，第三世界看到了西方人的歧视目光。奈保尔通过自己的文学作品，让发达国家和不发达国家通过这种特殊的方式，不同寻常地进行了文化上的交流。

尽管奈保尔接受了典型的英国教育，继承的是狄更斯以来的英国文学传统，作品本身已成为英语优秀文体的一部分，曾多次获得包括毛姆奖、布克奖在内的多种文学奖项，并被英国女王授予"骑士"，但是所有这些，仍然改变不了他的殖民地出身。他的小说与纯粹大英帝国出身的毛姆，与吉卜林，与福斯特，与波兰裔的康拉德，有着明显的渊源和发展，但是他永远也成不了真正意义的西方人。就像我们看奈保尔是外国人一样，纯粹的西方人观点与我们也一样。奈保尔无论在文化上如何归宗，在今天或未来的文学史中如何有地位，他仍然是一个西方人眼里的外国人。

对奈保尔的接纳或许只是一种权宜之计。权宜之计也可以看作是发达国家的无奈，毕竟世界文学不等同于发达国家的文学。在世界文学的大格局中，西方发达国家的文学水准虽然始终占据着霸主地步，但是文化的称雄，毕竟和经济、军事不一样，世界文学永远愿意接纳有创造性的新玩意，没有新玩意的世界文学就没有活路。风水轮流传，奈保尔的幸运，在于他符合世界文学的需要，迎合了潮流，并且顺利地融入主流中间。然而幸运也极可能成为不幸，奈保尔的不幸，是他很可能会受到第三世界的反对，他越成功，反对的声音可能会越大，抗议的浪潮会越高。作为一个印度人后裔，我非常吃惊他竟然敢说这样的话：

　　　　我不为印度人写作，他们根本不读书。我的作品只能产生在一个文明自由的西方国家，不可能出自尚未开化的社会。

　　除了佩服奈保尔的坦率，我更佩服他的勇气。对于一个作家来说，坦率和勇气是不可或缺的，我宁愿相信，这更多的还是一种赌气，因为事实上，尽管奈保尔不想为印度人写作，不愿意关注那些尚未开化的社会，不屑为被压迫者说话，结果也仍然是一样。态度有时候可以说明一切，有时候却什么也说明不了。写作永远是只对读书的人才有意义，文化只有在交流时才能产生火花，身为印度人的后裔，奈保尔并没有拉着自己的头发跳到地球外面去的魔法。仁者见仁，智者见智，读者从作品中读到自己想见或不想见的东西，这些并不是作家的过错。阅读是一种探险，是心灵的旅游观光，是发现，从奈保尔的小说中看到第三世界的奇风异俗，看到西方人的歧视目光，只能说明奈保尔小说的丰富内涵。

　　奇风异俗和歧视目光都不是作者的本意，更不是写作的目的，即使没有奈保尔的小说，它们仍然也会存在。小说揭示的是我们容易忽视的那些东西，因为忽视，所以自欺欺人以为它们不存在。对奈保尔小说中作者态度的玩味，有助于我们思考创作时可能会遇到的一些问题。横看成岭侧成峰，远近高低各不同，要想认识庐山真面目，最好的办法就是像李白那样，早服一粒还丹仙丸，琴心三叠道初成，然后高高地飞起来，从远处往下张望。居高临下，翠影红霞，鸟飞不到，看一座山是这样，看奈保尔的小说是这样，看一个世界也是这样。

想起了老巴尔扎克

一

初读老巴尔扎克是在一九七四年，那一年我十七岁，脑子里最美好的小说家是维克多·雨果。我阅读了雨果的大多数作品，如痴如醉地在本子上胡抄乱画。十七岁这一年对我文学上的长进至关重要，意味着我正在告别浪漫主义小说，步入更为广阔的新小说世界。那是读书无用的年代，我高中刚毕业，没有大学可以上，没有工作，对前途既不悲观也不乐观，时间多得像是百万富翁。在祖父的辅导下，我同时读了巴尔扎克的《高老头》和托尔斯泰的《战争与和平》。那个年代像我这年纪，读完《战争与和平》可不是件容易的事，实际上这部人类史上最伟大的史诗，我读到第三卷就再也读不下去。我不明白祖父说的好与了不起究竟藏在什么地方。

使我爱不释手的是《高老头》，这本书要好看得多，很轻松地就读完了，从头至尾趣味盎然。对于一个十七岁的文学少年来说，名作家巴尔扎克如此容易接受，真让人想不到。我一连读了好几本巴尔扎克的小说，有的好看，有的并不好看。差不多全是傅雷翻译的，扉页上有毛笔留下的笔迹，毕恭毕敬地写着他的名字，那是他送给祖父的签名本。

　　巴尔扎克诱惑我的时间并不长久。我开始大量地阅读世界名著，目的不是想当作家，甚至也不是为了提高所谓的文学修养。我拼命读名著的直接原因，就是想在和别人吹小说的时候，立于高人一等的不败之地。说起来真是好笑，巴尔扎克当时只是我吹牛的资本和砝码。真正迷恋巴尔扎克是我自己开始写小说，那已是二十世纪七十年代末，我从一个无知的文学少年，过渡为一个货真价实的文学青年。读了太多的二十世纪小说以后，我自以为是地认定十九世纪的小说已经完全过时，满脑子海明威、福克纳、萨特、加缪，开口闭口现代派、意识流、新小说、黑色幽默。时至今日，我最喜欢的仍然是美国小说，二十世纪的美国小说生气勃勃，充满了创新意识。然而完全是出于偶然，老掉牙的巴尔扎克，突然给了我一种全新的刺激。我重读了《欧也妮·葛朗台》，让人吃惊不已的是，在这部极其简单的小说中，竟然蕴藏了丰富的绝不简单的东西。

　　巴尔扎克最容易给人们留下某种错觉，仿佛他只会批判现实，老是在喋喋不休地谴责金钱，好像对钱有着刻骨仇恨，虽然事实上他和同时代的人一样爱钱如命，并且让人失望地追逐功名。我第一次在巴尔扎克的小说中读到了全新的思想，这全新的思想就是人们嘴里已经谈得有些可笑的爱。在许多注明爱情小说的书本里，我们读到的是人的欲望，是灰姑娘的故事翻版，是市民的白日梦，甚至是偷鸡摸狗的掩饰。爱在崇高的幌子下屡屡遭到污辱。《欧也妮·葛朗台》引起了我对巴尔扎克一种新的热情。我情不自禁地又一次读了令人震惊的《高老头》，又一次读了《幻灭》，读了《贝姨》，读了《搅水女人》。傅雷的译本像高山大海一样让我深深着迷。我不止一次地承认过，在语言文字方面，傅雷是让我受惠的恩师。巴尔扎克的语言魅力，只有通过傅译才真正体现出来。是傅雷先生为我提供了一个活生生的巴尔扎克。

在字里行间，在汪洋恣肆的语言宫殿里，在一个对理性世界充满怀疑的年代，我开始重新思索老掉了牙的爱。从表面上看，欧也妮付出的代价是爱，得到的却是不爱，"这便是欧也妮的故事，她在世等于出家，天生的贤妻良母，却既无丈夫，又无儿女，又无家庭"。作为一名极普通的女子，欧也妮的爱使人终于想起圣母玛利亚。正如高老头对女儿的爱让我们想起基督一样，在巴尔扎克的笔底下，爱是无理智，无条件。爱是一道射向无边无际世界的光束，它孤零零奔向远方，没有反射，没有回报，没有任何结果。爱永远是一种可笑幼稚的奉献。欧也妮"挟着一连串善行义举向天国前进"，小说的意义根本不在于表现谁是否得到爱，也不仅是表现谁有没有付出爱，巴尔扎克在无意中探讨了爱的本意，探讨了爱的尴尬处境，探讨了爱的最后极限。高老头对女儿的爱和女儿对他的不爱，这对矛盾关系揭示了人类令人失望的事实真相，爱并不会因为无结果就失去夺目的光辉，金钱可以使爱扭曲，荣誉地位可以使爱变形，然而爱的本意却永远也不会改变。巴尔扎克对于今天的读者来说，的确有些太古老。他那高度写实力透纸背的技巧今天看来已经有点啰里啰唆，但是我却在他的作品中读到了最具有现代小说意义的特征，读到了最古老话题的新解释。重读巴尔扎克使我获益匪浅，无论是欧也妮，还是高老头，还是于洛男爵夫人，还是伏脱冷，或者是拉斯蒂涅，或者是吕西安，我得到的理解就是，就像弗洛伊德发现情欲可以作为一种原动力一样，虽然巴尔扎克发现金钱欲的巨大作用，但是他的小说首先是爱，其次才是批判或者别的什么东西。

对巴尔扎克的入迷使我有机会想入非非，再也没有什么比罗丹的雕像更能抓住巴尔扎克的本质。那是一个被睡眠折磨得无可奈何的大师神态，他被莫大的幻想迷惑和惊吓，蒙眬的睡眼，嘴唇紧闭，一头失魂落魄的乱发，抖动他的病体就像抖动他的那件睡衣一样。这是一台疯狂的写作机器，仿佛传说中的那位令人惊骇的独眼怪物。他以非凡的创造力建构了一个全新的世界，巴尔扎克是这个凭空创造出来的奇迹世界的君王，正如勃兰兑斯极力赞美的一样，他拥有自己的国度。就像一个真正的国家一样，有它的各部大臣，它的法官，它的将军，它的金融家、制造家、商人和农民，还有它的教士，它的城镇大夫和乡村医生，它的时髦人物，它的画家、雕刻家和设计师，它的诗人、散文作家、新闻记者，它的古老贵族和新生贵族，它的虚荣而不忠实的情人，可爱而受骗的妻子，它的天才女作家，它的外省的"蓝袜子"，它的老处女，它的女演员，它的成群结队的娼妓。

　　巴尔扎克所创造的世界成了后来无数作家的梦想。一个固定的文学词语产生了，这就是"巴尔扎克式的野心"。是否具有不同凡响的创造力，成了我们检验一个好作家的唯一标准。除了令人眼花缭乱的众多人物之外，巴尔扎克小说形式的多样化，同样让后来的作家感叹不已自愧不如。他不是仅靠一两部小说维持自己声誉的小说家，他的绝技生龙活虎般地体现在他的一系列作品中。就像一滴水也能反射出太阳的光辉一样，巴尔扎克的好小说中几乎都有震撼人心的场面，都有几个了不起的人物，它们都具有原始质朴的纯情，都以一种永不疲倦的执着和追求而不朽。

　　自从文学上出现了巴尔扎克以后，要想成为大作家，再也不是一桩轻而易举的事。巴尔扎克式的野心刺激着那些在文学上试图能有一番作为的人。小说作为一门独立的科学，一门独立的艺术，正在越来越博大精深，越来越趋于成熟和完整。巴尔扎克是小说史上最耀眼的一座里程碑。我常常不知不觉地陷入痴想，想入非非头昏脑涨，目瞪口呆不知所措。因为有了伟大的巴尔扎克，我们可怜兮兮的脑袋瓜里，我们那支胆战心惊的笔，还能够制造出一些什么样的小说来，我们还能怎么写，这个命题将折磨我们一辈子。

二

以上文字写于很多年前，因为当时没有记录日期，现在似乎已很难考证，记得是为《艺术世界》杂志的约稿而作，我说自己谈不了什么艺术问题，就谈谈巴尔扎克吧。重温旧作，不由得想到了巴尔扎克的葬礼，那是我大脑中挥之不去的一连串的意象，仿佛亲历者一样清晰。和雨果辉煌的葬礼相比，巴尔扎克的葬礼实在是太寒酸。在这个寒酸的葬礼上，不但冷清，而且匆忙，茨威格在《巴尔扎克传》中写道：

在倾盆大雨之中他的尸体被送到墓园里去。他的妻子当然是不太了解他的内心的，因为除了雨果之外，还有仲马·阿力山大，圣提－柏夫和巴洛兹部长来执绋。
这三个人之中没有一个和巴尔扎克有亲切的友谊。圣
提－柏夫曾经是他的最恶毒的敌人，他所真正怀恨的唯
一敌人。

或许正是因为这个原因，雨果在巴尔扎克的墓地面前，作了
一番言辞激烈的演说。这篇著名的演说词被选进了今天的中学课
本，每当我想起对一个作家最好的评价时，就情不自禁会想到这
篇文章。雨果给了巴尔扎克极高的评价，作为小说家同行，他知
道自己这一次绝不是什么例行公事的阿谀奉承。在这种冷清和匆
忙的气氛中，雨果知道他必须大声地说些什么，这位擅长演讲的
小说家用诗一般的语言宣布：

　　唉！这位惊人的、不知疲倦的作家，这位哲学家，
这位思想家，这位诗人，这位天才，在同我们一起旅居
在这世上的期间，经历了充满风暴和斗争的生活，这是
一切伟大人物的共同命运。今天，他安息了。他走出了
冲突与仇恨。在他进入坟墓的这一天，他同时也步入了
荣誉的宫殿。从今以后，他将和祖国的星星一起，熠熠
闪耀于我们上空的云层之上。

很难说雨果与巴尔扎克之间有什么亲切的友谊。巴尔扎克逝世的时候，只有五十一岁，这位不知疲倦的作家终于走到生命的尽头。在雨果的这番演讲中，我所看到的，不只是一个作家对另一个作家的礼赞，而是一个作家对另一个作家创作成就的畏惧。一个真正的内行知道他面对的是个什么样的伟人，毫无疑问，雨果明白在自己的这个时代，最好的作家不是欧仁·苏，不是大仲马，不是乔治·桑，甚至也不是他雨果。他们一群人加起来，甚至都没办法与伟大的巴尔扎克相比，老天爷终究是公平的，尽管在生前，巴尔扎克取得的荣誉，无法与他们中间任何一个作家火爆时期相比，但是历史将证明，十九世纪的法国，真正能够执牛耳的还是巴尔扎克。十九世纪文学是人类历史的高峰，巴尔扎克属于那种站在金字塔尖上的人物。

记得最初读到雨果的《巴尔扎克之死》的时候，感受深刻的是雨果"手执柩衣的一根银色流苏"，走在灵柩的右边，大仲马走在另一边。这是具有历史意义的镜头，可惜除了文字，我们今天只能借助想象力去丰富这个场面。《巴尔扎克葬词》和《巴尔扎克之死》是一个人在同一时期写的两篇不同质的文章，前一篇着眼于伟大的巴尔扎克的未来，后一篇却只是把目光落到了死者的生前，落到巴尔扎克临死的那一刹那。当然，我更喜欢这后一篇，因为在短短的篇幅里，雨果用他有力的文字，刻画了死神如何降临，在阴森恐怖的气氛中，我们仿佛听到了黑暗里死神悄悄来临的脚步声，处于弥留之际的巴尔扎克喘着粗气，是那种"很响的不祥的嘶哑喘气声"，手上全是汗，雨果挤压它的时候已全然没有反应。一个伟大的生命就要结束了，好像只是到了这一刻，悲哀的读者才突然意识到巴尔扎克原来也是一个有着肉身的普通人，他曾经是那样强大，可再强大的人也毕竟不是死神的对手。

　　《巴尔扎克之死》是一篇黑色的速写，是一篇带着复杂感情写下的文章，欲言又止的字里行间，流露出了巨大的疑问。和《巴尔扎克葬词》不同，雨果这一次并没有一个劲地说好话，知道仅仅说好话并不足以表示尊重。虽然是纪念性质的文章，他甚至不无讽刺地说了巴尔扎克几句。雨果提到了他们此前不久曾经有过的一次谈话。在谈话中，巴尔扎克责备了雨果，说他不应该轻易放弃那个仅次于法国国王头衔的法国贵族院议员头衔。这时候的巴尔扎克已经病入膏肓，但是仍然满怀希望，相信自己能够复原，仍然像年轻人一样向往着那些俗世的荣耀和光辉。在雨果眼里，巴尔扎克对荣誉竟然会是那么在乎，以至于都显得有些俗气。很显然，这两个人是相互羡慕，雨果羡慕他写了那么多优秀的作品，羡慕他已建立了一个属于自己的文学帝国，因为这时候的雨果虽然大名鼎鼎，可是除了《巴黎圣母院》，其他重要作品都还没有写出来。而巴尔扎克恰好相反，在著作方面似乎已经不缺什么了，羡慕的只是雨果那样的成功，他妒忌雨果的名誉和地位，妒忌雨果所获得的一切。人们总是羡慕和妒忌自己所缺乏的东西，即使是伟人也不能免俗。

在雨果的笔底下，临终前的巴尔扎克毫无光彩照人之处。我不认为雨果是在借这篇文章挖苦巴尔扎克，虽然在两位作家之中，我更喜欢巴尔扎克，可是如果我是雨果，也会毫不犹豫地留下这些文字。真实的摹写永远是有力的。雨果描写了刚刚富裕起来的巴尔扎克，描写了他如何在人生的最后关头，还在念念不忘地卖弄自己刚布置好的"富丽堂皇"的豪宅，坚持要让雨果参观他的藏画。你无法想象巴尔扎克有时候也会那么孩子气，会那么庸俗，比自己小说里的那些人物还要可笑。你无法相信一个伟大的人物，竟然也会有如此渺小和不堪的一面。垂危前的巴尔扎克只是一个典型的暴发户，既可笑同样也是可悲的，他的致富原因并不是因为自己的小说创作，而是靠了那个乌克兰富孀德·韩斯迦夫人。伟大的巴尔扎克成了一个吃软饭的男人，对于一个伟大的小说家来说，没有什么现实状况比这更让人尴尬。巴尔扎克和这个富有的寡妇结了婚，他苦苦追求的爱情，终于有一个很不错的结局，然而，伴随着幸福同时到达的却是他的"行将就木"。

巴尔扎克似乎天生就不配享受俗世里的幸福。我更愿意相信他是一个为了写作理想活着的人，只有在写作的时候才谈得上伟大。仿佛一个被罚流放的苦刑犯人，他的苦刑就是没完没了的写作，一旦苦刑结束，生命的意义也就到了尽头。和畅销书作家欧仁·苏相比，和大仲马相比，同样用小说挣钱，巴尔扎克一直是个穷光蛋。注定只能是债务缠身，看别人发财，看别人轰动，他写了那么多的字数，那么多本书，却远不如别人的一本书更有名利。肯定已经有人注意到债务和一个伟大作家的对应关系。通常我们都相信，硬写是写不好的，可是事实的真相却毫不含糊地告诉读者，世界上很多伟大作品都是硬写出来的。除了巴尔扎克为还债赶稿子，还有伟大的陀思妥耶夫斯基也是这么做的。

巴尔扎克一生都生活在债务的阴影下，面对期票的追逼和高利贷的盘剥，无论精神上，还是实际生活中，他都是个穷得只能给喜儿买根红头绳的杨白劳。显然预约的东西太多，奢望太高，他永远是过高估计了自己的偿还能力，以至于一本新书忙完了，甚至连抵债都不够。破产、拍卖、倒闭、躲债，这些字眼像恶狗一样追随着巴尔扎克。他一生都在做着发财美梦，像一根胡萝卜在前面诱惑一头拉磨的驴子那样，这种梦想成了写作的动力，如果巴尔扎克吃到了那根胡萝卜，如果真的发了财，恐怕也就没有《人间喜剧》。梅花香自苦寒来，我宁愿相信巴尔扎克在物质世界遭遇的种种惨败，都是老天爷为了成全他故意安排的。一切都是天意，一切已经命中注定，在写作上他是个无与伦比的天才，可是只要与钱沾上关系，与名誉和地位搭界，巴尔扎克就会立刻变得可笑起来。在小说的世界里，他对人性弱点分析得那么透彻，对经济研究得那么精通，可是在现实生活中，在对物质世界的追逐中，只能不断地留下笑柄。

三

巴尔扎克在小说世界中创造的奇迹，后人大约永远也超越不了。他是文学界的成吉思汗，指挥着他的蒙古大军，在小说领域所向披靡。巴尔扎克的文学野心无人能够阻挡，而让人最羡慕的也正是他的这种狂妄野心，正是这种野心，激发了无穷无尽的创造力。没有文学野心的人没必要当作家，然而野心是一回事，实际可能又是另外一回事。作家永远会过高地估计自己，马尔克斯在写《霍乱时期的爱情》时曾向世人宣布，他要用古典爱情小说中的所有技巧，来塑造一本全新的爱情小说。这是一个适合媒体报道的话题，在一本新书尚未问世之前，先透露作者的写作野心，让喜欢他的读者迫不及待。事实上，什么才是古典爱情小说的所有技巧，这是个纠缠不清的话题，读者显然没必要把这种事太当真。

为了更好地读懂一本小说，了解作者的真实处境是必要的。

文学史上给了巴尔扎克极高的评价，我总觉得这种高度赞美，和作者本人的自吹自擂多少有些关系。对于大多数读者来说，真正阅读完巴尔扎克的小说几乎是不可能的，我常常扪心自问，提醒自己不要跟着舆论瞎跑。小说就是小说，千万不要太当回事。巴尔扎克是个造假高手，是个说大话的天才，后人对他许多带有模式的定评，实际上都是他自己最先放风放出来的。最经典的例子，就是巴尔扎克借着评价司各特，为自己的文学大厦大做广告。在《人间喜剧》前言中，巴尔扎克欲擒故纵，先把司各特抬到一个惊人的高度，说"他将小说提高到了历史哲学的水平"，然后笔锋一转，指责他"没有构想出一套体系"。换句话说，司各特尽管伟大得让人五体投地，但是，因为"没有想到将他的全部作品联系起来，构成一部包罗万象的历史"，因此就不能做到"其中每一章都是一篇小说，每篇小说都标志着一个时代"。巴尔扎克想告诉我们，正是这种衔接不紧的缺陷让他豁然开朗，突然发现了"有助于编撰我的作品的体系，以及实施这套作品的可能性"。

　　《人间喜剧》的体系实在是太庞大，读者所能熟悉的，大约只能是"风俗研究"这一个部门。我至今也闹不明白巴尔扎克在"哲学研究"和"历史研究"的这两大部门里说了些什么。毫无疑问，他的重要作品已都收在"风俗研究"里，我们感兴趣的也就是他的那些风俗研究。这就好像进入展览馆，我们实际上总是停留在一个展厅里，对另外两个展厅视而不见，甚至可以忽略不计。事实也是这样，大家喋喋不休，谈起巴尔扎克小说中的"哲学"和"历史"，通常提到的也都是"风俗研究"里的一系列作品，譬如大家经常要说的《欧也妮·葛朗台》《高老头》《夏倍上校》《家族复仇》《搅水女人》《于絮尔·弥罗尔》《贝姨》《邦斯舅舅》《幻灭》《农民》等等。《人间喜剧》的构想大得有些离谱，巴尔扎克每天工作十几小时，也只完成五分之三，而没有完成的那些内容，可能都属于"哲学"和"历史"研究这两大部门。一八三四年，巴尔扎克三十五岁，正是写作的最好年头，他授意年仅二十七岁的达文为自己刚完成一半的《十九世纪风俗研究》写序。据说巴尔扎克亲自对这篇序言做了许多补充和修改，因此研究者认为这篇著名的序言，差不多就是巴尔扎克本人撰写的。在这篇文章中，达文引用了一段巴尔扎克平时常唠叨的话，对司各特的批评更加直截了当：

　　　　这个伟大的苏格兰人，尽管他伟大，但他只不过陈列了许多精心雕刻的石头，在这些石头上我们看到可惊叹的形象，我们再一次瞻仰了每个时代的天才；差不多所有这些都是崇高的；但是，建筑物在哪里？在瓦尔特·司各特的作品中，我们看到了一种惊人的分析的吸

引人的效果，但是缺少综合。他的作品与小奥古斯丁街
的展览馆很相像，在那里，每件物品本身都是华美的，
但不与任何东西相关，不服从任何整体，一位天才的创
作的才能若不与能调整他的创作的能力相结合，就不是
完全的。只有观察和描绘是不够的，一个作家在描绘和
观察时必须有一个目的。

作家的野心是想通过自己的作品，在文学史上获得一席之地。
要让作品在流沙上像一棵树那样耸立，按照巴尔扎克的观点，你
必须既是"司各特并身兼建筑师"。很长时间里，我对巴尔扎克
的话坚信不疑，而且相信，一个人想成为作家，最好的典范便是
像巴尔扎克一样辛勤劳作，扎扎实实地去建筑属于自己的文学大
厦，而不应该是小心翼翼地装潢每一个房间。如果说我今天仍然
像过去一样坚信不疑，仍然像过去那样毫无保留地崇拜巴尔扎克，
显然是没有说老实话。无论是我的阅读经验，还是写作经验，都
让自己的文学观点有了一些多多少少的变化。司各特先生向读者
陈列了许多精心雕刻的石头，批评他的巴尔扎克也没有能够避免
重蹈覆辙。说句不客气的话，文学大约也就只能如此了。事实上，
真正的读者在阅读的时候，对文学大厦本身并没有太大的兴趣，
有兴趣的只是那些想借助巴尔扎克说事的哲学家、政治家和经济

学家，当然还有某些吃文学评论饭的评论家。多年以来，巴尔扎克一直是被文学以外的颂扬声所包围，对于普通读者来说，有没有文学大厦这个空架子并不重要，人们走进展览馆，目的还是为了要看到那些精美的物品，享受这些精美物品才是人们来到展览馆的真实目的。

见大不见小，不一定完全错，至少有些片面。正是从巴尔扎克开始，对作家的要求突然提高了，作家头衔一下子变得神圣起来，头上顿时就有了光环。巴尔扎克提高了文学的品位，但是也带来了一系列严重后果。大家都用评价巴尔扎克作品的方式评价文学作品，于是阅读成了一种经验，成了一门学术，成了验证能否直接接受教育的方法，成了寻找自己适用资料的搜索。阅读本身已经不太重要了，重要的只是评价，重要的只是排名，重要的只是是否获得答案。读者成了街头评头论足的老大妈，人人都是能说会道的评论家。读者不用再走进展览馆，只要远远地站在外面看个大概就行了，大家不去欣赏展览馆里那些精美的物品，而是一本正经地站在大街上评价建筑物，比较谁的房子高，谁的房子大。我们总是很容易被一些似是而非的观点所左右。一些名声远扬的高大建筑物，有时候是一些皇帝的新衣，很可能根本就不存在。我想巴尔扎克的高明之处，也许就在于用自己的野心勃勃，先把我们彻底地搞糊涂。他大约知道阅读既是一件有趣的活儿，同时又是一件辛苦的差事，我们不可能把他的王国游览完，因此索性放开胆子来吹牛。很显然，巴尔扎克比任何人都清楚，他的大厦永远也不会真正地完工。他向读者许诺着自己的大厦如何富丽堂皇，然而我们见到更多的只是一些蓝图，只是一些房子的轮廓。巴尔扎克知道有时候，有些蓝图和轮廓就已经足够了。

不管怎么说，我们都要感谢作者的狂妄野心。正是这种不切实际的野心，激发了无穷无尽的创造力，是野心让巴尔扎克像着魔一样地写个不停。按照我的想法，巴尔扎克更像堂吉诃德骑士，他的那些匠心独具的写作理论也像。后来的人给了巴尔扎克太多的评价，他获得的荣誉无人可比，但是，我并不觉得他只是为了获得这些荣誉才写作。一个人可能为写作而着魔，也可能为荣誉而着魔，这两者之间有着本质的区别。有时候，两者看上去差不多，却绝对不是一回事。我更愿意相信是写作本身的魔力吸引住了巴尔扎克，事实上，一个人真正投身于写作的时候，荣誉已经变得不重要。

伟大的巴尔扎克的幸运在于，他生前并没有被荣誉所伤害，不是不愿意，是因为没有这样的机会。对于巴尔扎克来说，荣誉更多的是可望而不可即，野心始终只是野心而已。在荣誉的辉煌面前，他更像是个被打入冷宫的怨妇。巴尔扎克总是不能被人真正理解，虽然死后的声誉与日俱增，但是在生前，他也就是个能写和会说大话的家伙。他的不温不火的知名度，恰好可以让他源源不断地工作下去。为了生存，为了还债，为了追求心爱的女人，为了证明自己，他都必须得写。巴尔扎克永远处于不得不写的状态之中，一根胡萝卜总是在鼻子前面晃悠，这就是他必须面对和应该获得的现实。

四

对于我来说，巴尔扎克的意义，不仅在于创造了丰富的文学世界，还在于他作为一个作家的工作方式。这种工作方式用戈蒂耶的话来说，就是绞尽脑汁，凭借超人的意志，"加上勇士的气魄和教士一般深居简出的生活"。在巴尔扎克的野心勃勃后面，我所感受到的是一种深深的沮丧，换句话说，与其说是野心在鼓舞，还不如说是沮丧在激励，正是这种失意的沮丧让他喋喋不休，没完没了地为自己的作品做出解释。巴尔扎克在小说的序言中，一次次从后台直接窜到前台，明白无误地表达着自己的创作思想，在小说中也一再借助人物的对话，直截了当地表明他的文学观点。被读者理解从来就不是一件容易的事情，巴尔扎克所做的努力，颇有些"我拿青春赌明天"的意味，这句流行歌词很好地体现了他的创作心态。处于沮丧中的巴尔扎克把自己交给了未来，在和达文的谈话中，他信心十足地说：

> 但是，要记得，在今日要活在文学里，不是天才的
> 问题，而是时间的问题。在你能与读者中持有健全的见
> 解而善于判断你的大胆的事业的人成为知音之前，你必
> 须久饮痛苦之杯；你必须容忍别人的嘲笑，忍受不公正；
> 因为有见识的人的无记名投票（通过这种投票你的名声
> 才能受到推崇）是一张张地投来的。

信心是一回事，实际情况又是另一回事。指望无记名投票并
不是一件靠得住的事情。在巴尔扎克时代，达文为他受到的不公
待遇大声疾呼，在达文眼里，巴尔扎克作为最优秀的作家，却没
有享受应该得到的最优秀待遇。持有健全见解的读者都不知跑哪
去了，这个时代竟然变得如此急功近利，根本就不允许作家有巴
尔扎克那样远大的追求。大家的眼睛都虎视眈眈地瞪在巴尔扎克
作品的瑕疵上面，这样做的结果注定了巴尔扎克只能默默无闻地
工作，像头畜生一样，"既无奖励亦无报酬"，悄悄地攀登奥林
匹克的顶峰。幸运的作家写一本书火爆一本书，写一本书快活一
辈子，巴尔扎克写一本书刚够抵债，因此他不得不寄希望在未来
的一天，自己能一下子"收获二十年被忽略的劳动的奖赏"。

"久饮痛苦之杯"，最后修得正果，这并不是巴尔扎克故事
中最精彩的乐章。他的伟大意义在于认准了一个目标，一条道走
到黑，不管是否能够实现都没有放弃，是野心也罢，是信心也罢，
反正他没有被沮丧击败，没有被社会的流言打倒。巴尔扎克的故
事给人的启发恰巧就是，前途是光明的，道路是黑暗的。但是，
即使前途是黑暗的，也没有什么大不了。最后是否成功并不重要，
我更愿意相信"活在今日的文学里"是个"时间问题"，不过是
一种自我安慰，因为并不是所有在黑暗中摸索的写作者，都有巴
尔扎克那样的幸运，并不是什么人都能攀登到文学的顶峰上去。
不以成败论英雄，一个人生前不能得到的东西，身后显然也就不
重要了。现实世界里，并不是什么人都能收获自己被忽略的劳动
的奖赏。今天的时代远比巴尔扎克时代更急功近利，我们从事文
学事业，很可能只是久饮痛苦之杯，根本没有好的果实在前面等
待去收获，然而这并不足以证明我们应该就此放弃。

《少年维特之烦恼》导言

　　歌德出生的时候，中国的曹雪芹正在埋头写《红楼梦》。满纸荒唐言，一把辛酸泪，等到歌德开始撰写《少年维特之烦恼》，曹雪芹早已离开人世。从时间上来说，少年维特开始风靡欧洲之际，《红楼梦》一书也正在坊间流传，悄悄地影响着中国的男女读者。很显然，相对于同时期的欧洲文化界，歌德已是一位对中国相对了解更多的人，但是事情永远相对，由于时代和地理的原因，西方对东方的了解并不真实，自始至终都难免隔膜和充满误会。欧洲当时推崇的中国诗歌和小说，差不多都是二流的，甚至连二流的水准也达不到。没有任何文字资料可以证明歌德对曹雪芹的《红楼梦》有所了解，虽然歌德的家庭一度充满了中国情调，他家一个客厅甚至用"北京厅"来命名。

　　歌德时代欧洲的中国热，不过是一种上流社会追逐异国情调的时髦，在《歌德谈话录》一书中，歌德以令人难以置信的热烈口吻说：

　　　中国人在思想、行为和情感方面几乎和我们一样，
使我们很快就感到他们是我们的同类人，只是在他们那
里一切都比我们这里更明朗，更纯洁，也更合乎道德。
在他们那里，一切都是可以理解的，平易近人的，没有
强烈的情欲和飞腾动荡的诗兴……

　　这些对于欧洲人来说似乎很内行的话，有意无意地暴露了歌
德对中国文化的无知。歌德心目中，中国人的最大特点，是人和
自然的和谐，金鱼总是在池子里游着，鸟儿总是在枝头跳动，白
天一定阳光灿烂，夜晚一定月白风清。中国成了一个并不存在的
乌托邦，成了诗人脑海里的"理想之国"。歌德相信，除了天人
合一的和谐，中国的诗人在田园情调之外，一个个都很有道德感，
而同时代的"法国第一流诗人却正相反"。为了让自己的观点更
有说服力，歌德特别举例说到了法国诗人贝郎瑞，说他的诗歌并
非完美无瑕，"几乎每一首都根据一种不道德的淫荡题材"。
　　歌德被德国人尊称为"魏玛的孔夫子"，这种称呼在明白点事
的中国人看来，多少有些莫名其妙。事实上，歌德并不是什么道德
完善的圣人，他也不相信仅仅凭单纯的道德感，就能写出第一流的
诗歌。任何譬喻都难免有缺陷，说歌德像孔夫子，更多的是看重文
化上的地位。以诗歌而论，歌德更像中国的杜甫，他代表着德国古

典诗歌的最高境界，以小说而论，说他像写《红楼梦》的曹雪芹，也许最恰当不过。歌德被誉为"奥林帕斯神"，是"永不变老的阿波罗"，与大成至圣文宣先师的孔子相比，他更文学，更艺术。

　　歌德生前曾相信，他的小说不仅风靡了欧洲，而且直接影响到了遥远的中国。杨武能先生在《歌德与中国》一书中，援引了歌德的《威尼斯警句》，从中不难看到歌德的得意：

> 德国人摹仿我，法国人读我入迷，
> 英国啊，你殷勤地接待我这个
> 憔悴的客人；
> 可对我又有何用呢，连中国人
> 也用颤抖的手，把维特和绿蒂
> 画上了镜屏

　　这又是一个想当然的错误，如果歌德明白了大清政府的闭关锁国政策，明白了当时耸人听闻的文字狱，他就会知道在自己还活着的时候，古老和遥远的中国绝不可能流行维特和绿蒂的故事。此时的大清帝国处于康乾盛世尾声，正是乾嘉学派大行其道之时，对于中国的读书人来说，无论诗歌还是小说，都是不算正业的旁门左道。歌德并不是真正了解东方的中国，而中国就更不可能了解西方的歌德。歌德的伟大，在于已经提前预感到了世界文学的未来，他相信在不远的未来，世界各国的文学将不再隔膜，那时候，不仅西方的文学将相互影响，而且神秘美妙的东方文学，也会加入世界文学的大家庭中来。歌德近乎兴奋地对爱克曼说，他越来越相信诗是人类的共同财产，随时随地正由成千上万的人创造出来，任何人都不应该因为写了一首好诗，就夜郎自大地觉得他了不起。歌德充满信心地发表了自己的宣言，他认为随着文学的发展，单纯的民族文学已算不了什么玩意，世界文学的时代正在来临，每一个从事文学创作的人，"都应该出力促使它早日来临"。

中国人知道歌德，起码要比歌德了解中国晚一百年。有趣的是，经过专家学者的考订，虽然零零碎碎可以找到一些文字数据，证明歌德这个名字早已开始登陆中国，然而歌德作品的真正影响，并不是来自遥远的西方欧美，而是来自不很遥远的东方日本。歌德并不是随着八国联军的洋枪大炮闯入中国，在"中西为体，西学为用"的思想基础上，中国人向西方学习的动机，首先是"富国强兵"，是"船坚炮利"的物质基础，其次才是精神层面的文学艺术。以古怪闻名的辜鸿铭先生也许是最早知道歌德的中国人，他在西方留学时，曾与一个德国学者讨论过歌德，话题是这位大师是否已经开始过气，而他们的结论竟然是完全肯定。在辜鸿铭笔下，歌德最初被翻译成了"俄特"，所谓"卓彼西哲，其名俄特"。

最初有心翻译介绍歌德作品的中国人，应该是马君武和苏曼殊，这两位都是留日学生。王国维和鲁迅在各自的文章中，也曾以赞扬的语调提到过歌德，他们同样有着留日的背景。不管我们愿意不愿意，不管我们相信不相信，中国的现代化进程一直都与近邻日本紧密联系。他山之石，可以攻玉，我们似乎已习惯了跑到邻居家去借火沾光，革命党人跑去避难，年轻有为的学生跑去求学，为了学习军事，为了学习文学或者科学。说到底，歌德在中国的真正走红，无疑要归功于郭沫若在一九二二年翻译出版的《少年维特之烦恼》，而郭之所以会翻译，显然又与他留学东洋期间，这本书在日本的家喻户晓有关。众所周知，歌德最伟大的作品应该是《浮士德》，但是要说到他的文学影响，尤其是对东方的影响，恐怕还没有一本书能与《少年维特之烦恼》媲美。

不太清楚郭译《少年维特之烦恼》之后，中国大陆一共出版了多少种译本，影响既然巨大，数量肯定惊人。也许多得难以统计，根本就没办法准确计算，经过上网搜索，只查到了一位日本学者统计的数字，迄今为止，在日本一共出版了四十五种《少年维特之烦恼》，这是个惊人的数字，却很容易一目了然地说明问题。任何一本书，能够产生广泛的影响，通常都有产生影响的基础。研究西方文学对中国文学的渗透，不难发现，很长一段时间内，歌德的影响力要远远大于其他作家。时至今日，读者对外国文学的兴趣早已五花八门，同样是经典，有人喜欢英国的莎士比亚，有人喜欢法国的巴尔扎克，有人更喜欢俄国的托尔斯泰或者陀思妥耶夫斯基，还有人喜欢各式各样的诺贝尔文学奖得主，但是，以五四新文化运动为特征的现代文学，却一度被《少年维特之烦恼》弄得十分癫狂，年轻的读者奔走相告，洛阳顿时为之纸贵，由"维特热"引发为"歌德热"，显然都是不争的历史事实。

回顾二十世纪发生在中国的"歌德热"，无疑以两个时期最为代表。一是"五四"之后，这是一个狂飙和突飞猛进的时代，思想的火花在燃放，自由的激情在蓬勃发展，郭沫若译本应运而生，深受包办婚姻之苦的年轻人，立刻在维特的痛苦中找到了知音，在维特的烦恼中寻求答案。爱情开始被大声疾呼，热恋中的男女开始奋不顾身，少年维特的痛苦烦恼引起了一代年轻知识分子的思考。一是粉碎"四人帮"之后，经过了十年的文化浩劫，启蒙的呼唤声再次惊天动地响起，世界文学名著在瞬间就成为读者争相购买的畅销书。一九八二年歌德逝世一百五十周年之际，纪念活动达到了前所未有的高潮，"歌德与中国·中国与歌德"的国际学术讨论会在当时的西德海德堡召开，中国派出了以冯至为首的代表团，冯是继郭沫若之后，歌德研究方面的最高权威。

比较两次不同时期的"歌德热"，在惊人的相似中，还是能够发现某些不一样，譬如在"五四"以后，《少年维特之烦恼》在读者市场几乎是一枝独秀，它成了追逐恋爱自由的经典读本，引来了为数众多的模仿者。这得力于当时新文化运动的社会风气，得力于当时的青春豪情与热血冲动，正好与歌德写完小说的那个时代相接近，维特的遭遇深入人心，文学革命最终引发了社会革命。二十世纪八十年代的歌德热却呈现出了多样性，一方面，作为世界文学名著，歌德再次赫然出现在书架上，与其他的一些世界文学大师相比，他的作品虽然也畅销，但并没有什么明显的压倒优势。在过去，看歌德的作品，更容易与年轻人产生心灵感应，有着强烈的现实意义。在今天，与阅读其他大师的作品一样，更多的只是为了提高文学修养，具有重读经典的意味。这是个只要是文学名著就好卖的黄金时代，而在歌德的一系列作品中，又以《少年维特之烦恼》的销量最多，各式各样的译本也最多，无论印多少都能卖出去，但是说到影响力，已很难说是最大。歌德所预言的那个世界文学时代终于到来了，据资料统计，中国进入新时期以来，歌德作品的翻译品种，数量销量都达到了前所未有的高度，除了《少年维特之烦恼》，其他的作品恐怕都很难说是畅销。

　　为什么到了今天，歌德的《少年维特之烦恼》还会有那样的生命力。这显然是与读者有关，文学作品的最大阅读人群，从来都是涉世未深的年轻人。以今天的习惯用法，"少年"维特其实应该是"青年"维特，当初郭沫若翻译的时候，用的只是汉语的古意，古人称"少年"为青年，与今人所说的少年儿童并不是一个意思。少年不识愁滋味，这个少年就不是指小孩。"少年中国"

和"少年维特"，都是非常具有"五四"特征的词，这里的少年特指青春年华、意气风发的青年人，与幼稚的孩童无关。《少年维特之烦恼》在过去拥有读者，在现在仍然还能拥有读者，根本原因就在于它能够被年轻人所喜爱。无论时代如何发展，无论科学如何进步，年轻人总是有的，年轻人的追求和烦恼也总是有的，只要有年轻人，有年轻人的追求和烦恼，《少年维特之烦恼》就一定还会有读者。

此外，从世界文学相互交流的角度去考察，同样是歌德的作品，为什么《少年维特之烦恼》会比更具有人性深度的《浮士德》更容易受到读者欢迎，除了是很好地迎合年轻人的阅读心理，恐怕也与散文体的更容易翻译和诠释有关。毫无疑问，世界文学的交流一方面势不可当，但是不同的语言之间，仍然还会存在着难以逾越的障碍。诗无达诂，小说比较容易再现原著的神韵，只要故事大致不太离谱，创作者的本意，翻译者比较容易传达，读者也比较容易把握，而讲究韵律的诗歌就大不一样。中国的好诗很难翻译到国外去，欧洲的好诗同样也难以翻译成中文。虽然歌德的《浮士德》已出现了好几个中文译本，可是读者在接受叙事诗风格的《浮士德》时，总是不能像接受《少年维特之烦恼》那么来得直截了当。

．
．
．

第五章

人间烟火气，最抚凡人心

．
．
．

面对流行

　　一个健全的人面对流行，必须保持头脑清醒，人们必须警惕上了流行的当，吃了流行的亏。流行未必是什么坏东西，但肯定不会是最好的东西。

　　最好的东西想流行也流行不起来，流行是一个健全的人阻挡不住的东西。能够流行，自然有流行的道理。没有必要过分拒绝流行，流行是人类生活的一部分，是空气，想躲也躲不了。聪明的办法，是别把它太当回事儿，流行常常是人们发明出来专门折腾自己的。

　　流行很容易让人们想到报纸，每天的报纸都有很多人看，报纸上的事在这一天里总是热闹非凡，轰轰烈烈，成为大家的议论中心，可是只要一过了期，就是论斤称的旧纸。因为流行，所以短命，这就是尴尬的真理。流行必然昙花一现，同样的例子，可以想想那些过了期的挂历，想想那些过期挂历上搔首弄姿的美人。过期往往正对流行而言，是流行的反语，因为曾经流行，所以才会过期。

流行是时代的标志和烙印，流行代表着进步，常常也包含着倒退。时代发展越快，流行来得也就越凶猛，去得也就越迅速。来也匆匆，去也匆匆，这就是流行。风不可系，影不可捕，这就是流行。流水淘沙不暂停，前波未灭后波生，这就是流行。

流行是最不安分守己的东西，总是肆无忌惮，想怎么样就怎么样。只要留神和关心一下流行，很容易地就能把握住时代的脉搏。什么样的时代，必然配套什么样的流行。流行就是现在，就是现状，就是现实，流行是每一个人不可不面对的处境。

流行的本质是喜新厌旧，它是推动社会发展的一种动力，并且绝不以人的意志为转移。人造出来的流行，首先是因为社会的需要，因为有着巨大的买方市场。不管我们是接纳还是拒绝，流行依然流行，不流行的依然被淘汰。流行意味着很多人得到了机会，更多的人却失去机会。流行意味着开始，同时也暗示了结束，流行和过时其实是同义词。

*

米涨价了

　　记得小时候在北京，一位北方军人说起南方，觉得其他都还好，就是天天吃米饭受不了。北方人吃惯面食，说这话不奇怪。我当时是个半大不小孩子，不明白天天吃米饭有什么不好。

　　南京人对于北方来说，自然是南方，对于南方城市，譬如广州厦门，又是北方。南京人不南不北，米饭也吃，面条也吃，反正吃饱肚子就行。南京人只害怕米涨价，当然这话也是废话，老百姓都不愿意米涨价。最好什么都别涨，即使是涨，米也不能涨。老年人一听说米涨价，顿时喋喋不休地说起历史故事来。

　　指望米不涨价，实在是不现实。举例说，前段时候米价浮动，几个农民开着拖拉机进城，满载着自己辛苦种出来的大米，歇在我们小区门口卖。大家都抢购，很快便卖完，领头那位立刻指示到巷口去剁鸭子吃，又嚷着去买酒。看着衣衫褴褛的农民兴高采烈，雄赳赳气昂昂，我当时站在旁边，真心地觉得这米应该涨价。米能多卖几个钱，农民日子就好过了。大家都是人，我们城里人别总顾着自己，干吗不能让人家也高兴一回呢。

最高兴的还不是农民，真正笑得合不拢的是米贩子。一看发财的机会来了，赶紧囤积大米，不光旧社会如此，古代的时候也一样。米贩子最遭人恨，要想给老百姓解恨开心，杀几个米贩子保证奏效。如今改革开放，动辄杀头似乎有些过头，况且米贩子也有米贩子的贡献，老实说个体户的大米比公家的好吃，而且服务态度好。

想发财未必就是米贩子的错，谁又不想发财呢？在大米的价格上，国家一向贴钱。这情形仿佛已经成家的子女，仍然要爹娘贴钱。国家像疼爱后代的长辈，养儿育女还不算，还得管孙子和重孙。贴钱的结果往往造成儿女的不争气，依赖惯了，一旦不贴钱，日子便过不下去。客观的前景是，爹娘不会老有那么多钱可以贴，而做子女的必须自己面对困难。

米价迟早要涨，国家是爹是娘，自然不忍心完全扔下我们不管，可是如果永远不能自立，还真不是事。所谓自立，说白了，就是自己的口袋里得有钱。钱是王八蛋，口袋里有了王八蛋，米涨价也就不怕了。

冬天的吃

　　冬天的吃，首先图个热闹。记得看过一则笑话，晚清时中国去外国的大使，因为是土包子似的士大夫，不知道外国的事，有不懂得的地方，也不好意思问。见角落里放着一个搪瓷高脚痰盂，花花绿绿煞是好看，想外国人真不懂得爱惜，这么好的宝贝竟然胡乱放，于是不声不响地藏于壁柜。

　　到了过年的时候，每逢佳节倍思亲，大使放洋在外，只好在国外吃年夜饭。忽然想到要吃一品锅，便关照厨子。厨子做好了一品锅，找不到合适的容器盛，大使立刻想到了藏在壁柜里的高脚痰盂。

　　按惯例，当时在国外的大使馆，都要雇一些外国女佣，大使人在国外，天高皇帝远，思想解放了许多，当然也可能是那蓝眼金发的女佣长得非常漂亮，所谓秀色可餐，大使一时兴起，顾不得周礼了，邀请洋女佣一起吃中国的年夜饭，女佣一看高脚痰盂被搬上了桌子，连忙用手捂着嘴笑。

　　冬天的吃，离开了热闹便显得无趣。烧一锅热气腾腾的汤，一家人围着下筷，这是冬天里最富人情味的一个画面。冬天里的吃，有人哈哈大笑会显得更热闹，最忌一个人冷冷清清地独酌。

一个人喝酒，应该到春天的阳光下去喝，到秋天的月亮底下去喝，到一望无际的大海边去喝。

冬天里的吃定要热闹，三五好友聚在一起涮火锅，划拳喝酒，开始的时候是严寒冬天，等到快喝完，仿佛已进入到了温暖的春季。中国的火锅真是好东西，不一定要涮乱七八糟的东西，名贵的不名贵的，放一起煮就是了。各式各样的味搅和在一起，趁热吃，就觉得好吃，吃了还想吃。

冬天的吃，是真正的俗世里的吃。一家人聚齐了，吃之前热闹，吃的时候热闹，吃完了还是热闹。冬天的吃应该永远有一种家庭气氛，不像平时，谁饿了谁先吃，吃完了就走人。冬天的菜说冷就冷，大家非得一起动手才行。冬天里催小孩吃饭的名言就是"快来吃，要不全冷了"，冬天的特征就是冷，因此冬天的吃，永远是和冷这个敌人做斗争。

战胜冬天的法宝是热是闹，热气腾腾，人多势众，这是冬天里的人和自然最和谐的关系。冬天去馆子里吃饭，最好不要去找那种暖气开得太足的宾馆。宾馆已经为你事先消灭了冬天，人一进去，仿佛进了蒸汽笼子，忙不迭地脱衣服，脱得你恨不得穿衬衣，穿棉毛衫。宾馆里没有冬天，再好的菜，也没有了冬天特有的聚餐气氛和韵味。

冬天的吃，本来就是一种极好的享受，很冒昧地把它给丢弃了，这太可惜。

晒太阳

秋天一天天往里走，便觉得了太阳的重要。人向来是根据自己的胃口褒贬大自然，所谓冬日可爱，夏日可畏。《左传·文公十年》说："赵衰，冬日之日也；赵盾，夏日之日也。"虽然同一个太阳，冬日夏日季节不同，便可用来比方不同性格的人物。

晒不到太阳的人往往最能感受冬日阳光的可爱，饱汉不知饿汉饥，坐着的想象不出站着的腿酸。说白了，太阳大明大白地天上挂着，可爱不可爱实在是人类的矫情。阳光本来不是什么值钱的东西，不比黄金首饰之类的细软，可以锁在保险的抽屉里。

晒太阳是一种惠而不费的享受，我住在一楼，门前是两座高楼，巍然耸立好像大门牙。冬天一到，能见到的阳光，就是牙缝里透出来的一点点。难怪会有暗无天日这种形容。没太阳确实很痛苦。先是冷，负曝奇温胜若裘，房间里阴森森的，这是冬天里的冬天。其次心情压抑，老不见太阳，情绪恶劣得想吵架。

阳光是真正意义的无私奉献，晴空万里，水一样泻下来，光华四射普照人间。北方人都讲究住北屋。从四合院的角度来说，北屋是个最明智的选择。南屋自然留给下人住。屋以面南为正向。老派的房子，高门大牖，屋顶上还要加天窗，冬天里满屋子阳光，比生炉子有暖气都管用。

过去的南京没有那么多高房子，记得小时候也住一楼，从来没感到过冬天缺少太阳。国庆节放焰火，从二楼窗子里望出去，看得又清楚又实在。盖高楼是时代的进步，人一天天多起来，再计划生育，大家仍然都得有房子住。我不至于蠢得要反对盖高楼，只是觉得设计者，要多想想给别人一些阳光。水往低处流，人往高处走，谁都不愿意住没阳光的房子，当然，没太阳的房子永远有人住。

习惯成自然，习惯了，什么事也就不往心上去。我们说晒太阳，从来没觉得它的不通和不顺。外国人就不一样，他们说晒衣服，晒稻谷，太阳又不是什么东西，为什么也可以拿来晒，这是他们一直很难弄明白的一件事。

喝醉酒

　　有一次，在一艘豪华游轮的饭桌上，一桌子的人，除了我，都喝酒。王朔和别人喝干了杯里的白酒，笑着问我是不是真不会喝酒。我说是的，王朔又问我平时玩不玩牌，摸不摸麻将，我老老实实地说："不玩牌，也不打麻将。"王朔于是就笑，说："你除了会写字之外，还会玩什么？"满桌子的人都笑，我也笑。所谓写字，是王朔用来形容作家的词，不是指书法家。我很惭愧，自从用电脑写，事实上都不太习惯用笔写字。

　　因为不能喝酒，是宴会就感到累。譬如到了山东，一个个都是梁山泊上下来的好汉，不喝就是不给面子。爱喝酒的遇到不喝酒的，实在煞风景。有一次和权延赤一起吃饭，他看不惯我的熊样，说："没有能喝不能喝的，只有敢喝不敢喝的。"权延赤是作家中的酒坛子，他不说那种不喝就是不给面子的话，好端端的酒，你不敢喝，那是你自己的事，你活该。

　　我的确是不敢喝酒，因为不能，所以不敢。我的胃太小家子气，见不得酒，喝一点就醉。一醉就吐，一吐便不可收拾。有人逢酒辄醉，所谓醉，不过话多一些，脸红一些，大不了一吐一轻松，吐完了什么事也没有。我的喝醉酒是受罪，受大罪。已经记不起自己喝醉过多少次，上大学的时候，年轻气盛，常常糊里糊涂，说醉就醉了。

难忘的是第一次喝醉酒，太戏剧性，想忘也忘不了。那次是三个人，吃着冰棒，便喝了一瓶白酒，喝过以后，大家都觉得没事。我因为自己从未醉过，傻乎乎以为自己真是好酒量，三两多酒在肚子里，好像还没过瘾，于是又溜到留学生宿舍，捡起一位很熟悉的日本留学生刚开的一瓶白酒，咕嘟咕嘟灌了几大口，然后再悠悠然去上课。

自然没有想到会喝醉，坐在课堂上，兴奋得不得了，也不为什么事，忍不住乱笑。老师在上面讲，我们三个喝过酒的，在下面神聊，声音大得引人注目。大学老师中很有那种涵养好的先生，我们说我们的，他照样说他的。喝了酒胆子特别大，趁老师不注意，我们三个人又偷偷溜出教室，跑回宿舍的草坪打排球，打着打着，酒性上来，我就势往地上一坐，大堂而皇之地睡着了。

接下来的丑态只能由旁观者描述，我好几个小时后才清醒过来，自然是吐了，因为醉得太厉害，吐的时候，连伸脖子都不会，因此，只要我一做要吐的样子，我的同学便一把抓住我头发，把我脑袋往外拉。那真叫是醉成一摊泥，好几个同学抬我都抬不动，浑身都是软的，抬这，那边就往下坠。找了辆自行车来，想扶我坐在车后座上，我呼呼大睡，根本坐不住。

　　我后来也醉过许多次，然而醉得如此险恶，总算没再发生过。那醉，就跟死过去一样，见过我出洋相的，谈喝醉酒，常常要拿我当例子讲。

太太学烹饪

我们家最讲究吃的时候，也就是太太上烹饪课那一阵。过去，我曾经买过好多本关于烹饪的书，没事睡觉前翻翻，看过就算解馋了，并没有真枪真刀地操练过。我这人对于想象力的满足，远远超过对于实际生活的要求。往文雅里说，是注重精神的享受，小说家属于知识分子，知识分子的好处，就在于能够平日吃着食堂，把做得不好的菜肴，硬吃出好的味道来。老实说，我害怕自己动手做菜，尤其是大动干戈地做，一是没时间，第二点也重要，那就是懒。

太太的学校里办了个烹饪班，学校办班的目的是赚钱，这年头，许多时髦的事，说得再好听，其实都是准备从别人的口袋里掏出钱来。来上课的学生都是有工作的成年人，口袋里多多少少有些钱。上课的动机也简单，先从自己口袋里掏钱，学了些鸡毛蒜皮的烹饪技术以后，再去别人的口袋里掏钱。烹饪班的学生，有想下海开馆子的，因为现如今餐厅的利润极高。有想混一纸文凭的，混一张所谓厨师结业证书，去外国招摇撞骗，打打工骗点外汇。

近水楼台先得月，太太是本校人员，可以大觍老脸地蹭课。当时我们家新分了房子，第一次有了像样的小厨房，女儿又在幼儿园全托，而我呢，也稍稍能开始赚些稿费。天时地利一时间全都占了，此时不学烹饪，更待何时。太太学会了烹饪，最沾光的无疑是我，因此人和这一点也不缺，所以极力鼓励，就怕太太改变了主意。

太太当真去上烹饪班了，虽然是夜校，到底有点科班的样子。首先名正方能言顺，来上课的老师，是从外面的馆子里特邀的。有一位感觉良好，口才也棒，可惜毕竟年轻，只是三级厨师。教师的级别低，学校和学生两方面都没有面子，于是自作主张给请来的老师涨级别，反正课堂上先这么介绍，介绍完了，大家鼓掌，没人会站出来像派出所查户口那样核对一番。

老师固然有些心虚，支支吾吾打着哈哈，正经八百地开始上课，就怕让学生看出破绽来，非常用心地教着，一板一眼不敢马虎。口气却大得不得了，上来就是三板斧，说这样烧怎么不对，那样炒怎么又错了，自己跟谁谁谁学过，谁谁谁怎么夸奖过自己，自己的学生谁谁谁在国外现在怎么样。再穿插几个关于吃的小故事，学生顿时就服了。

　　很快就上完了理论课，几周下来，便进入了示范阶段，每堂课好歹做几个菜让大家尝尝。菜是学校的门卫去采购的，买回来了，同样委托门卫洗干净，送到课堂上。此外备好了液化气炉灶，还有油盐酱醋各种调料。实践课比理论课有趣得多，耳听为虚，眼见为实，听人讲一大堆，不如自己看着做一回。来上课的老师大显身手，一边讲，一边做，做好了，便请大家品尝。当学生的起初还羞答答，喊到谁了，谁便用筷子夹着尝一点。接着是下一位再尝，因为只有一双筷子，每一位都挺文雅地放在嘴里，细嚼慢咽，煞有介事地点头喊好。

　　学生的脸皮很快就厚起来，看来人的天性都是馋的，平时看不出，是由于没什么东西可以吃。难怪要说人越有得吃，就越馋。一大群学生，男男女女就一双筷子，吃过来吃过去，似乎也不卫生，于是便有人发明自带筷子和调羹。大家跟着模仿，把个好端端的上课，弄得跟过节似的。文雅也很快没有了，老师的菜还没做好，大家已抄好了家伙，就等着开吃。老师一声令下，筷子和调羹立刻在盘子里打起架来。记得我太太那一阵子，临去上课，就把一把擦亮的不锈钢小勺子放在口袋里，那神气劲比女儿去儿童乐园还要神气。

　　老师示范了一段时间，便让学生自己动手。每个学生都有机会做一次菜，做好了，最诱人的保留节目，还是让大家尝。菜做好了，不吃也是浪费，况且如此用心做出来的菜，味道岂能不好。老实说这样的烹饪课，让谁去上都会乐意，可惜时间太短，最后，学生们聚在一起，再美美地吃上一顿，说结业，也就依依不舍地结业了。

结业以后，尽管业余，太太也算是科班出身了，感觉特别好。回到家里，一套又是一套，烧什么菜，都呼应着菜谱。这是我有史以来，最大饱口福的年头。可惜也是时间太短，时过境迁，转眼女儿上了小学，太太有自己的工作，还要管女儿弹琴和学习，人一忙，要馋，也只能在脑子里想。食堂的菜实在不好吃，然而人要是没时间，也只好乖乖地吃食堂。烹饪有术是有闲的时候才能偶尔为之的事情，而所谓有闲，也是昙花一现，说过去就会过去。对于今天的三口之家来说，最空闲的那段日子，也就是小孩子在幼儿园上全托的时候，在这前后，如果不靠老人，如果不请保姆，我们这一代人，谁不是忙得死去活来呢。

对女儿的期待

　　新年里，一位女记者前来采访，让我谈谈对女儿的期待。我信口说了些，大致意思，是自己没什么期待。我是个宠小孩的父亲，养不教，父之过，和现在许多做父亲的一样，明知溺爱对小孩不利，可是偏偏硬不起这份心肠。我一直后悔自己对女儿的培养太平庸。如果一切可以从头来，肯定不会让女儿学钢琴，要学音乐，便让她拉二胡，倒不是标榜国粹，而是想让她和别的孩子有些不一样，现在满世界都是弹钢琴的。

　　女儿学钢琴，完全出于偶然，最初是幼儿园办电子琴班，说小孩开发音乐细胞如何重要，于是火速去店里买了一架电子琴。那时候买一架日本原装电子琴，得花半年的工资。为了上课，妻子骑自行车，又要驮女儿，又要带着那个有违交通安全的电子琴，现在想到都后怕。女儿学电子琴，学了三四年，就被人指责，说电子琴不能算乐器。我对音乐是门外汉，而且的确也不喜欢电子琴。女儿三年级时又买了钢琴，一提起自己的学琴经历，女儿就抱怨我们耽误了她，因为一切都要从头来，手上的坏毛病，据说全是弹电子琴养成的。

　　从一开始，就没想把女儿培养成音乐家，说穿了，也就是让她弹着玩玩。总算找到了一个好的钢琴老师，对她要求严，加上妻子像工头一样地督促，逼着练，如今要说玩，也应该算是会玩了，可惜并不是太喜欢这样的玩。我觉得女孩子除了学点音乐，最好也能练练书法。

　　也许是有了这样的遗憾，才把希望寄托在女儿身上。音乐和书法是我所不能的两件憾事，现在的父母在儿女身上下本钱，往往注重的不是小孩的天资，更多的是出于过去的遗憾。自己不行，在某方面没出息，所以才想到让后代不走父辈的老路。如今的小学生，功课多得已经不人道，真不忍心在功课之外再增加女儿的负担。我大学有个同学，写了一手的好字，几次想到让女儿跟他习书法，都是说说而已。如今女儿已经十四岁，正上中学，考试一场接着一场，对于书法，显然也只能是心向往之。

　　做父母的，当然不会希望自己的女儿没出息。什么叫出息，其实是个说不清的话题。我对女儿没有什么过高的期待，只是希望她一生平安、幸福、心地善良。能不能出人头地，是她自己的事情，各人头上一方天，没必要强求小孩干什么。我从小就没什么理想，如今人到中年，对理想更是万念俱灰。人生是一步一步走出来的，把每一步走踏实了，这就很好。

散步

记得上学时，最喜欢的就是体育课。无论中学还是大学，我的体育成绩都绝对理想。我一直不太明白，为什么有那么多人，练来练去仍然达不了标。我从没有参加过什么专门的体育训练班，可是各个项目皆可。我曾是中文系的铅球和跳远冠军。每次开运动会，一人只能报两个项目，得第一名奖赏一条毛巾，加上集体项目另算的接力赛，我可以不太费劲地就得三条毛巾。

离开学校以后，很自然就变懒了。我做梦，常常梦到数学考试，梦到英语考试，从来不曾梦到体育考试。也许是体育考试对我太轻松的缘故。糊里糊涂便当了作家，整天坐在家里，闭门造车，压根没想到课堂之外，还有体育锻炼这回事。好端端的一个大活人，一本正经地跑步，或者去找旧时的同学打球，似乎有些不成熟的矫情。等到意识到身体有些问题，忙不迭地想到锻炼，却又好像来不及了。

我尝试过学太极拳，是杨式，是正宗的，不是那种简化太极拳。

拳是学会了，很难静下心来打拳。在打拳的时候，常常情不自禁想到正在写的小说。于是改成了散步。我的家离玄武湖公园很近，买一张通行证，天天进去绕湖走一圈，效果说不出的好。玄武湖公园是南京人的骄傲，首先是堂而皇之的大，因为大，人总是少。尤其是散步的时间里，除了在公园锻炼的人，几乎见不到什么游客。可以沿着湖没完没了地走下去，也可以在树林乱转。不同的季节里开着不同的花，各式各样的鸟叽叽喳喳叫着，在这样的环境里散步，都忘了自己是在锻炼。我感到最奇怪的，是在散步时，从来都不想要写的小说。

　　散步让人感到彻底放松，一个小时，甚至两个小时，不知不觉就过去了。散步时，脑子里一片空白，人机械地往前走着，心里说不出的舒畅。也许正是这种空白感，才使大脑真正得到了休息。这是一种最便宜的锻炼，只要是个人就会，和打太极拳相比，和那些叫得出的体育项目相比，散步是一种最原始的锻炼办法。有人曾建议我买一套健身器材，说到了种种好处，进口的买不起，可以买一套国产的。但是我相信不管什么样的健身器材，效果肯定不如散步。因为使用了健身器材，锻炼的功利性太强，一招一式都在想着是锻炼，效果一定大打折扣。对于脑力劳动者来说，尤其对于写小说的人，锻炼的功利性不可能没有，可是太多了就麻烦。我不能想象自己会和充满了金属气味的健身器材交上朋友。

生命在于运动，为锻炼而锻炼未必是件好事，举例来说，参加什么健美训练班，并不意味着就一定能把身体弄好。身体的好坏，不在是否添了些肌肉。运动中包含了一切哲理，锻炼的诀窍，其实就在坚持，就看能不能把运动变成生活的一部分。就个人而言，散步最适合我这种性格的人，简单，实用，没有任何规则。散步可以使人置身于大自然，把人交给大自然，这就足够了。体育运动的极致，说穿了，也许还是为了让人更接近自然。

道法自然

几年前，曾经很认真地学过太极拳。我很笨，一起学的几个人，就我学得慢。太极拳一招一式，有许多讲究，在老师所讲的话中，印象最深的，是道法自然。

讲究自然不仅仅限于打拳，可以说每一个艺术领域，道法自然都是最高准则。我学打拳，除了接受能力缓慢，太紧张是一个大毛病。老师看我打拳，在一旁提醒最多的，就是放松，放松，再放松。老师让我想象垂柳，柳枝垂下来，那是一种最自然的放松。人的肢体也应该这样，要沉肩坠肘，沉肩坠肘有利于含胸拔背的自然形成，只有含胸拔背，才能气沉丹田。

老实说，我的太极拳学得很不怎么样，事实上，连坚持天天打一遍都不太容易做到。然而一起学的几个人中间，矮子里挑高个，我又是学得最好，练得最勤，打得最多的。

打太极拳，真正要做到身体放松，还是比较容易。难做到的是心理放松，绝大多数人学太极拳，都有很强的功利目的，这就是通过打太极拳，迅速达到强身目的。欲速则不达，人有了功利心，往往一事无成。我自己就是极好的例子，这些年来，也许是写作太辛苦，平时又不太注意保养身体，因此下决心学太极拳，唯一目的，就是让身体恢复过去的水平。

　　相比之下，学太极拳看似难，其实很容易。因为是学，一招一式都要琢磨，脑筋用在研究动作上，便产生了一种兴趣，兴趣往往超出功利。真正困难的是学会了打太极拳，如何几十年如一日，天天坚持操练下去。学会了太极拳，有很多莫名其妙的理由，使人不能持之以恒。

　　譬如身体感觉不错，这是典型的好了伤疤忘了疼。太极拳对人的身体状况有明显的调节改善作用，人一旦能吃能睡，立刻忘乎所以，早忘了应该坚持每天的太极拳。譬如短期内没什么效果，发现自己胃口不好了，睡眠也有问题，惊慌之余，匆匆恢复打拳。有时候，几天拳一打下来，感觉不错。有时候，却一点效果也没有，于是便放弃。

　　有的人始终坚信最新的什么功和什么操，喜新厌旧，总觉得最新式的就是最好的。有的人，什么功和操都不相信。有一段时间，我的身体特别不好，究竟什么原因造成的，到现在也不明白。我的朋友们都觉得奇怪，因为他们根本不锻炼身体，身体也不见得怎么不好，我常常煞有介事地打太极拳，身体却糟糕成这样，因此都认为打太极拳毫无道理。甚至我自己也怀疑太极拳不是个好玩意。一位对气功十分入迷的朋友告诫我，我的古怪症状，很可能是打拳时走火入魔。他相信我是在打拳时，运气不得法，气走偏了。他的话，使我很长一段时间内不敢再打太极拳。

事实上，我的身体不好，和打太极拳毫无关系。仔细想想，身体不好，也许恰恰是不能持之以恒打太极拳的缘故。人的身体好与坏，有着各种各样的原因，归结到是因为打拳打坏了，实在太荒谬。荒谬就荒谬在人总是以太强的功利心来评判是非。

我不能不想起太极拳老师最初教过的话，这就是要放松，真正的放松。不只是身体放松，而且要做到心理放松。无欲则刚，打拳的目的当然是为了强身健体，然而也必须意识到，并不只是仅仅为了这个。为强身未必真能强身，想健体也可能适得其反，这道理每个锻炼身体的人必须明白。

也许只能这么想，如果不坚持锻炼，也许我们会更糟。

我们锻炼，不是为了更好，而是为了不要更糟。

想发财

　　想发财是个大而无当的念头。这念头常让人明白，自己其实很不崇高。收了一大堆兑奖的明信片，报纸上登了中奖号码，明知自己手气不好，忍不住还要厚着脸皮，一张张去核对。大奖不指望，中奖也不想，小奖是二分之一的概率，总以为会有几张，结果竟然一张也没有。一张没有也真不容易，兑奖前曾想，如此厚厚的一叠，既然二分之一的中奖率，单数或双数必有一得，料它也逃不出如来佛的手心。

　　从不指望在路上捡个钱包，小时候接受教育，是拾金不昧，马路边捡到一分钱，也要交给警察叔叔。跌个跟头捡个钱包，对于我这样的，不叫发财，只是倒霉，因为跌跟头皮肉吃苦，捡了钱包却没用。起码名不正言不顺，是非法得到他人财物，弄不好要吃官司。我胆小，鬓角上已开始往外窜白头发，年轻的警察得喊我叔叔，捡了钱包，还是一定遵纪守法上交。

　　多年来，一直为房子苦恼。研究生毕业，仿佛掐了头的苍蝇，去新单位，条件就一项，谁给房子，便去谁那里打工。好在那时候的研究生还有些行情，如此不要脸面的要价，居然不算唐突，不像今天研究生毕业找工作，好比条件不好的大龄青年找对象，光着急也没用。不过，有房子栖身是一件事，有没有好房子又是一件事。我住的地方，一年有五个月不见太阳，自然是在最需要阳光的冬天，先也不觉得，后来意识到不妥，身上各种毛病就来了。南方潮湿，阳光是个非常重要的玩意，于是就想，自己既然不能凭官衔分一套房子，只能靠发财买点阳光。可惜永远是心向往之，"志大财疏"，想炒股票，想炒国库券，买彩票，所有发财的念头，都是一闪而过，懒得往深里想。买阳光靠一个"想"字，离谱离得也太远了。

我常常被迫回答对作家下海的看法。对这个问题，我没有任何看法，记者紧盯不放，就难免言不由衷瞎说一气。至今也弄不清自己怎么说的，反正每次情之所至，信口开河，说的也不相同，说了跟没说一样。我从来没有想象过自己能够下海，按照我的傻念头，下海就是当老板，是当经商的官儿。下海是领导才能的又一种发挥。世界上可以简单分成两种人，管人的，被人管的，也就是说，分当官的和不当官的。当老板和打工，都是为人民服务，我就坚信自己永远属于后一种人。

帝王将相，宁有种乎，这是古人的一种说教，是成功者的广告词。我倾向于认命，一个人首先得认识自己的命运，认识自己，才能把握自己。该干什么就干什么，调门低一些好。不知道自己是谁，忘了自己的身份，这是许多悲剧上演的根本原因。千万不要和自己过不去。识时务者为俊杰，人可以胡乱想，不想是蠢材，绝对不能胡乱做，乱做是呆子。天下除了圣人，谁都幻想发财，但是，如果都能发财，还成什么世界。身后有余忘缩手，眼前无路想回头。世界上许多人都想发财，自己和别人想法差不多，说明不曾落伍，这很好。世界上许多人没发财，自己又和大家一样，尚未掉队，仍然很好。